天河九曲

张 平 | 著

長春出版社
全国百佳图书出版单位

图书在版编目（CIP）数据

天河九曲 / 张平著. -- 长春：长春出版社,
2021.12（2022.7重印）
ISBN 978-7-5445-6619-3

Ⅰ. ①天… Ⅱ. ①张… Ⅲ. ①纪实文学－中国－当代
Ⅳ. ①I25

中国版本图书馆CIP数据核字(2021)第262044号

天河九曲
TIANHE JIUQU

出 版 人：郑晓辉
著　　者：张　平
责任编辑：高　静
封面设计：郝　威

出版发行：長春出版社
总编室电话：0431-88563443
编辑部电话：0431-88925948
发 行 电 话：0431-88561180

地　　址：吉林省长春市长春大街 309 号
邮　　编：130041
网　　址：www.cccbs.net
制　　版：长春出版社美术设计制作中心
印　　刷：长春天行健印刷有限公司

开　　本：710 毫米 × 1000 毫米　1/16
字　　数：200 千字
印　　张：17.5
版　　次：2021 年 12 月第 1 版
印　　次：2022 年 7 月第 2 次印刷
定　　价：69.00 元

目　录

引 子

一

曲者，歌也。

古人云，诗言志，歌咏言。

其实，歌不仅咏言，也咏事、咏物、咏情、咏意、咏理、咏怀。古人在尧舜之时便知晓言不尽意发而为歌的道理，所以便有了庄子参天地造化之极后的鼓盆而歌；孔子为传播春秋大义率领弟子四处碰壁后的不绝弦歌；屈原怀犹苦毒，愁思沸郁时的楚辞九歌；文天祥慨然神州陆沉击楫中流时的绝命之歌……及至毛泽东笔下“国际悲歌歌一曲，狂飙为我从天落”，更是把中华民族百多年来毁家纾难，洒血攘袂，震古烁今的经天纬地壮举，一寓于歌！

仿佛一块巨大磁石吸引，21世纪第二个十年快要结束的时候，我来到了心心念念的红旗渠。

奇峰云聚，山岚似涛，滚滚若万马来奔，飘飘洒洒的秋雨，更增添了心的苍茫。呜呼，似游似奔的巍巍太行，我平生第一次这样双脚立定你的悬崖峭壁之上，目睹在千丈陡崖间一钎一锤硬生生凿出来的人工天河，手摸冰冷如霜坚硬似铁的太行山石，我似乎听到了你咚咚的心跳，仿佛看到了当年那一面面迎风招展的红旗，一个个攀崖抡锤的身影……还有滴水成冰的日子里啃着玉米面饼子仍在开山不止的农民兄弟，还有那81位倒在工地上的年轻生命……还有任羊成腰间的老茧，马有金红肿发亮的膝盖，用李改云名字命名的“改云桥”，吴祖太与爱妻20多年后才合葬的坟茔……

太多滚烫滚烫让人心颤的故事……

太多见一次永远就浮动在眼前的场景……

太多听一遍便钻进你心窝子里面的话语……

一次次驻足屏息不能自已，一次次热泪盈眶热血满腔！

红旗渠，你当得起“丰碑”称谓，在那极端艰难困苦的岁月，林县人民用血水、汗水和泪水筑起了一座顶天立地震古烁今的时代丰碑！

红旗渠，你就是奇迹！一千五百公里长渠，是林县30万民工耗时10年，用独轮车、钢钎、铁锤一公分一公分凿出来垒起来的。工程量之巨大，生产工具之落后，劳动环境之恶劣，与建设者精神之瑰丽奇伟壮怀激烈，劳动号子之响遏行云直冲霄汉，对工程质量之近乎苛刻精益求精，形成了巨大的反差。

试问当今世界，有谁能与其匹？

“为有牺牲多壮志，敢教日月换新天”——攀行在狭窄的太行山路，俯瞰潺潺流淌的红旗渠水，毛主席的诗句一刻不停地盘旋在我的脑际，冲撞着我的胸腔。

红旗渠，你从太行山中走来，看到你，我们便看到了中华民族不屈的身影，走近你，我们便不可遏止油然生发出拥抱祖国母亲的真挚情怀！

红旗渠，你是史诗级的水利工程。太行山因了你，增添了几多雄壮与伟岸；共和国因了你，更增添了几多锦绣华章！

你是一首穿越历史时空的浩然长歌！

你用摄魂撼魄的雄伟，奏响了一曲中华民族世代不衰的英雄交响！

二

在林州，我听说了这样一个细节。

1960年2月11日，也就是林县县委发出“引漳入林”动员令的第二天。拂晓，一位公社助理推开房门，只见一眼望不到头的人流，背着行李，推着小车，扛着镢头，挑着箩筐，有说有笑地朝红旗渠工地走去。他说：“你要知道，这是几万人呐。没有垂头丧气的，没有牢骚满腹的，大家都晓得，这一去不比在家有个热窝窝，可能要住牛棚，睡山洞，可是大家的心里有盼头啊。把水引进来，人就有水吃，庄稼也就有水浇了……”

我默默地听着，心中却似有千层涌万层浪激荡着打来。

真理是朴素的，它就像秋天的谷穗，捧在手里，结实而又饱满。

让人和庄稼都喝上水——就是这样一个朴素的信念，让林县人民为它执着了10年。10年啊！30万林县人民激情澎湃，轮番上阵，一曲曲激越旋律的英雄赞歌、时代颂歌、初心之歌就从这信念中高亢出来，成为影响几代人的精神狂飙！

信念是什么？

它就是你心中燃烧的那团火。

有了它，你就有了底气，有了支撑，有了力量，前行就有了方向。

有了它，困难的时候，你就有了力拔山兮的勇气，迷茫的时候，你就有了化解困惑的方向。

有了它，庸常日子里，你就多了一份执着和坚定，艰难的岁月里，你就多了一份超拔和担当。

张买江，一个13岁就钻进工地的娃子，是在他父亲牺牲不久，被母亲送上工地的。娘对他说："去吧，不把水带回来，你就别回来见娘。"此一去，张买江在工地上摸爬滚打了整整九年。伴着山风就餐，搂着星月入眠，直到他挂着特等劳模的大红花回家，娘的泪水才像决堤的水，止不住地奔涌而下。

终于可以告慰父亲的在天之灵了！

此刻，天空中正飘动着一朵纯洁的白云，缓缓地，向西，向西……

张运仁，你看到了吗？儿子把水给你带回来了……

没有豪言壮语，只有信念在燃烧！

李改云，24岁，民兵营长。一天，正在开山的人们忽听一声大喊："塌方了"！大家纷纷向四处跑去。一位16岁的姑娘被这突如其来的塌方吓呆了，眼睛直直地盯着正在滚落的石块儿，一动不动。就在这千钧一发之际，李改云一个箭步冲过去，将小姑娘撞出去好远。

小姑娘得救了，李改云却被埋在石堆里。

省里派来了直升机，将她接到了省城救治。命虽然保住了，却落下了终身残疾。

记者问她：“后悔吗？”

“不悔！”

“真不悔吗？”

“真不悔！”

“为啥？”

“那年我已经结婚了，小姑娘还没找对象，真是缺胳膊少腿了，她这一生可咋过？”

大善是直白的，不需要伪饰。

善念的背后是信念。

纯真的信念山高水长，冰清玉洁，百代流芳。

任羊成，对，就是新华社老社长穆青用手摸着他腰间一圈儿厚厚的老茧，感动得落下泪来的那个任羊成。

除险，九死一生的活儿。任羊成领着几个兄弟将这活儿揽到了自个儿身上。

杨贵说：“羊成，这活儿太险，不行咱就不干了。”

任羊成不知他是县委书记，瞪了他一眼：“怕死鬼。”

是逞能吗？

绝对不是！

任羊城说：“当时真的做好了随时牺牲的准备，早上出去，不知道晚上能不能回来。”

“那你到底图个啥？”有人问。

“还能图啥，早一天把渠修成，让人和庄稼喝上水呗！”

话语朴素得不能再朴素，直白得不能再直白……

这就是一个普通共产党员的信念！

当一个人为崇高的理想信念将生命置之度外的时候，他就已经进入了浸芳凛洁，超凡入圣的化境。

他就是一个纯粹的人，高尚的人，大写的人！

马有金，副县长，红旗渠工程总指挥长。修渠十年，只要有一个人在工地上过春节，那一定是他。

他说：“党不是叫俺来指手画脚的，是叫俺实打实地领着大伙修渠的。”

日复一日，年复一年，他吃住都在工地上。抡锤，他抡的是最大的锤，背石，他背的是最大的石块。

有的公社领导想和他讨价还价，走到他跟前，刚才想好的话说不出口了，转身就走……

什么叫公仆？什么叫榜样？什么叫喊破嗓子不如干出样子？

马有金，你是真金！你用自己的言行诠释着共产党人的理想信念。你让我们看到了，信念不仅仅是一个人内心的坚定，它是可以传递的。一旦信念成为大海，它就会洪波涌起，日月之行，若出其中；星汉灿烂，若出其里。

杨贵，林县县委书记，人们称他为红旗渠的旗手。

准确地说，他是红旗渠的决策者和推动者。

“修红旗渠难吗？”

“难，不是一般的难！”他一字一顿地说。

“有风险吗？”

“这么说吧，有一次我和李运保站在崖边，我对他说，运宝，这渠一旦修不成，咱俩就从这里跳下去吧。”

脚下是万丈深渊。

可以想见，当时杨贵的心理压力该有多大。

他说：“睡不好觉啊，最怕半夜工地来电话了。”

记者问他，“既然这样，为啥还要修啊？”

“就是为了让林县的老百姓从此以后不再为吃水犯难。”

记者又问他：“修渠这么难，你们是咋修成的？”

“原因很多，但最关键的一条就是，一切为了人民，一切依靠人民。”

人民，当你不再是一个抽象概念的时候，你才真正具有了创造世界和历史的内涵。

一切为了人民，我们说话办事才不会偏离方向。

一切依靠人民，我们才会有无穷的智慧和力量。

一切为了人民，

一切依靠人民。

这是红旗渠精神的精魂！

这是共产党人的初心！

这是我们的信念之根！

千里长渠，大歌一曲，其中最嘹亮的两个字就是——人民！

三

在林州，不论是奔波在大街小巷，还是在老城咖啡馆里细啜慢饮，贝多芬的英雄交响曲的旋律一直在我的心头回响，竟使我有了一种时空交错的幻觉。

快板，降E大调——高昂、雄浑、激越，仿佛天崩地裂一般。力拔山兮气盖世，横扫千军如卷席……这不就是十万修渠大军战太行威武的身影，雄壮的号子，开山的炮声吗？

慢板，C小调——似秋风掠过树梢，畅婉悠长，继而各种乐器碰撞出嘈嘈切切的声音。高亢没有了，嘹亮没有了，回肠荡气没有了，只有浅浅的诉说。曲调在这里似乎转了一个大弯。历史不也是如此吗？金子的光泽是在拂去了尘土之后，英雄的价值只有在经过岁月沉淀后才能益发显现出来。今天，红旗渠的工程价值可能不如过去那么明显了，但它的精神，却被时代凸显出来高扬起来。红旗渠，你不仅是值得林州人民万世珍藏的一部“革命家史”，你还是永远辉映在祖国上空的一颗亮星！

走着，看着，思索着，感动着……

谁是英雄？杨贵、马有金、任羊成、吴祖太、路银、李改云、郭秋英、常根虎……他们肯定是，但又不全是。英雄是时代的产物，亦是环境的产物，如果不是那样一个艰难困苦玉汝于成的年代，如果不是燕赵悲歌的中原人民身上的豪气干云形成的巨大气场，而这气场每时每刻都在互相激荡着，互相影响着，恐怕很难产生那么多英雄。这是英雄产生的外在条件，那么，英雄产生的内在根据是什么呢？我把它归纳为两个字，这就是——精神！

精神在，气就在，人就在。精神垮了，气就散了，剩下的只是一副空皮囊。

精神靠什么顶着？就靠一口气。俗话说：人争一口气，佛争一炷香。中华民族是一个讲“气”重“气”的民族，孔子的“义气”，孟子的“浩然之气”，张载的“天地之气”，给中华民族的个性里注满了正气、豪气和勇气，这三气最终汇成了一股浩荡乾坤舍我其谁的英雄气。这股英雄气有如大洋深处两股涌浪相激，顿时卷起千堆雪，又有如高能状态下的两颗基本粒子相撞，谁也无法计算出它所蕴含的巨大能量。有了这股英雄气，“可上九天揽月，可下五洋捉鳖”！可笑对人生惨烈，更可直面千般苦万般难！

天河九曲，九曲天河——荡不尽的英雄气，唱不完的世纪歌……

长风浩荡，中国人民正疾驰在“伟大复兴”的路上……

渠水悠长，流淌着中华民族千秋万代永不衰竭的精神力量……

红旗渠，你在英雄气的氤氲中临盆分娩！

你昨天是，今天是，未来仍将是英雄辈出的摇篮！

第一章
水之殇

水之于地球上所有的生命，犹如血液、空气之于人，绝对不可或缺。如果说生命的终点是死亡，没有了水，地球将会怎样?

由此，使我们想到了撒哈拉大沙漠，想到了月球、火星，那里是生命的禁区。然而科学家说，如果这些地方有水，生命的分子就有机会合成，随之生命也就出现了。

哦，对了。水不是元素，它是一种化合物。

水还是做人的基本权利，只有这个基本权利得到保障，人与自然才能和谐共生，合而为一。

就像两个原子合成为水。

1.多水又缺水

水，生命之乳。

大地因了你，方显钟灵毓秀。

生命因了你，才能含英咀华。

在化学家眼里，水是由氢氧两种元素组成的无机物，无味，透明。它约占人体重的70%，占人体血液的90%。它像尖兵一样，时时刻刻运输传递着各种物质，代谢掉人体内的各种废物垃圾，调节着人体的温度。在植物体中，约有70%~80%是水分，没有水，植物就无法吸收土壤中的有机质和矿物质，也无法散发掉多余的热量。

千万别小看这个无味透明的物质。无味即是至味，透明则是大明。人7天不吃饭可以，3天不喝水你试试，各种器官会快速衰竭，进而导致人的死亡。

水是与空气、阳光等量齐观的天下第一宝物。

水中亦深藏着中华文化的密码。

中国最早的神话传说，大都与水有关。盘古开天辟地，将自己的血液化为江河，将自己的汗珠变成雨露滋润无垠的大地。女娲采五色石补天，最后用自己的躯体堵住天漏，从此降伏水患。精卫一只小小鸟，每天从山上衔来石头和草木，无日无休，欲填平东海。大禹治水，“决江河而通四夷九州”，三过家门而不入，成为中华民族的万世楷模。

中国古人心中的英雄，就这样与水千丝万缕地在了一起。

“关关雎鸠，在河之洲，窈窕淑女，君子好逑。”我们的先人表达男欢女爱，也要寻找一个有水的地方。

水是一个充满了诗意和想象的存在。从远古以往，人类像追逐神灵一样追逐着水，逐水而居是人类为了生存的一种本能选择。

“蒹葭苍苍，白露为霜，所谓伊人，在水一方。溯洄从之，道阻且长，溯游从之，宛在水中央”——一个文明就这样“在水一方”中登场了，它让阿哥阿妹尽情享受着人世间的情意绵长，也让历史的长卷不仅有了柔美和灵性，也有了以天下之至柔击穿天下之至坚的韧性和耐心。

然而，水在现实中并不总是面目姣好善解人意，它有着多重性格。

一方面，一水护田将绿绕，两山排闼送青来。

另一方面，暴雨连绵雾罩山，多少青苗浪下翻。

人们对它，一方面依之，仰之，从之；

另一方面，骂之，痛之，恨之。

中国人这种对于水的双重情感，因地理分布又有所不同。

由于季风和高山大岭的影响，九百六十多万平方公里土地上，出现了干旱区、半干旱区、湿润区、半湿润区。

21世纪初，我国有一家通讯社曾报道，中国是地球上13个人均水资源最贫乏的国家之一。然而，现实情况是：我国水资源仅次于巴西、俄罗斯、加拿大、美国和印度尼西亚，居世界第六位，是世界上水资源总量最多的国家之一。国人熟悉的金砖五国中的印度和南非，比中国的人均水资源量低很多，尤其是南非，人均水资源量还不及中国的一半。那么，为什么中国一直水荒不断，是一个极度缺水的国家？问题就出在中国雨水分布的极不均衡，东南部最多时年降雨量可达2000毫米以上，而中西部的一些地方，年降雨量不到200毫米。西海固的喊叫水乡，已经到了滴水贵如油的程度。

这种严重的苦乐不均，造成南方乐则乐之，中西部苦则苦之，千百年来，难以改观。

而且，越是雨水充沛的地方，蒸发与供给之比越小，越是干旱少雨的地方，蒸发与供给之比越大。

这就是中国水资源的马太效应。

水是循环的，海洋和陆地的水蒸发进入大气，经过环流有一部分通过降雨落回到地面。

降雨是地球保持水循环平衡的主要形式。换言之，降雨量的大小，决定着一个地区水资源的多寡。

理论上，水循环是平衡的，但这只是一种静态的推理，现实中，极其复杂的地貌特征，使降水网格化了。有的网格里，雨量充沛，河浜纵横，成了鱼米之乡；有的网格里，焦石流金，山川大地始终处在半饥半饱的状态。

数亿万年前，燕山板内造山运动激烈，太行山从海底强势隆起，形成了一道天然屏障，挡住了从海洋刮来的季风，在太行山一侧，形成了广袤的半干旱区。

从此，中原雨水陡减，年均不足400毫米，成了除大西北外，又一个“雨降不濡物，良田起黄埃”的地方。

太行山是一座重要的地理坐标。它的东侧，是大海退去后留下的华北大平原，它的两面，是逐渐向青藏高原过渡的黄土高坡。太行山就像一根长长的扁担，将这两块中华民族的发祥地担在肩上。

华北平原和黄土高坡，多的是长风，多的是沟壑，多的是烈日。这就让生长于斯的黎民多了一份辛苦，多了一份抗争，多了一份刚硬。

人们已经习惯了雨的峻急操切，习惯了弥天黄沙呛得人喘不过气来，习惯了年复一年的掐脖旱。

100多年前，马克思指出：东方的自然气候状况，使大规模的人工灌溉，成为农业生产的首要条件。

毛泽东用言简意赅的语言告诉国人——水利是农业的命脉。

水利兴，则农业兴，民族兴，则国家兴——这就是中国人千百年来对自己生存境况的一个基本认识。

中华人民共和国成立以后，为了解决中原地区少雨缺水问题，中原人民苦干了很多年，20世纪70年代，中央把水利建设的绝大部分资金，投向了中原，然而这一切，还是不能从根本上解决中原地区缺水的现状。

美国学者戴蒙德研究中国水资源状况多年，他认为中国虽然总体上淡水资源比较靠前，但人均淡水量不足，特别是各地水资源分布不均匀。北方地区人均淡水拥有量仅为南方地区的五分之一。同时，中国还是世界上大江大河断流最严重的国家，从1972年至1997年的25年间，有20年黄河下游出现断流，断流的天数从开始的10天增加到后来的230天。

我们已经从千里万里之外，听到了沉重的喘息声。

这是自然与社会共同发出的双重警报。

解决中国水资源苦乐不均现状的现实办法，就是将南方富裕的水调到北方来——于是，就有了引滦入津和南水北调这两个旷世工程。

那天，我们一行数人站在山西侯壁断，望着漳河水牵着霏霏细雨欢快地流进红旗渠，我的脑海中不由自主地想到了引滦入津和南水北调。它们都是当代中国实现水资源动态平衡的杰出样本，同时又是中国人改天换地震古烁今的瑰伟篇章。

它们将中国人的智慧、意志、奋斗镌刻进了大歌浩荡的现代记忆，留下了一行长长的文明足迹。

水的欢歌不再是银铃般的声响，水里映衬的是历史的镜像，水中奔涌的是共产党人的初心。

它们承载的不是水，是百姓渴望甘霖的眼神，是生活，是美好，是富足，是父老乡亲用古老的民族乐器奏出的一曲现代版的百鸟和鸣。

从工程规模上来讲，红旗渠跟它们不可同日而语。但在我眼里，红旗渠又是它们的“大姐大”。从时间上看，红旗渠绝对是引滦入津和南水北调的先声，从工程克难克险，自力更生，艰苦奋斗的角度来看，红旗渠也为两位后来者树立了景行行止的榜样。

不要看我们今天有盾构机了，但是，用双手掏山洞更具有摄人魂魄的力量。

那是一道永远不会消失的风景。

作为先行者，令后人意想不到的是，60年前，红旗渠的建设者们劈开太行山，引漳入林的壮举，表面上看，是为了解决林县人民的生产生活用水，让干涸的土地亮响滋润的歌喉。然而更大的意义上，引漳入林工程还为解决广大干旱、半干旱地区的可持续发展，找到了一把钥匙，提供了一个现实的样本。从经济学角度来讲，这是红旗渠溢出的边际效应，而这，恐怕是比引漳入林工程本身意义还大的一件事情。

星垂平野阔，月涌大江流。

事实表明，水是干旱、半干旱地区可持续发展最大的拦路虎，而可持续发展，则是实现中华民族伟大复兴的关键所在。

缺水，恐怕仍将是一个世界性、世纪性的难题。解决这个难题，红旗渠带了一个好头，提供了一个范例。

千锤万凿出深山，玉汝于成在世间。

让富裕的水不再白白流淌；让缺水的地区不再饱受旱魃的折磨，和着时代的节拍拾级而上；让刚刚脱贫的人们有尊严地生活，诗意地栖居，是一篇在华夏大地上尽情挥洒的大文章。

为了写好这篇旷世文章，现在就让我们回过头去，好好地看一看吧！

温故知新。

前事不忘，后事之师……

2.天旱哟，着火了

2015年春节刚过，电视连续剧《平凡的世界》便开播了。

天旱了哟，着火了

地下的青苗晒干了

天旱了哟，着火了

地下的青苗晒干了

龙王哦，救万民哟

救万民……

随着这高一声低一声的主题曲在夜空中回荡，我的心里塞满了苍凉。

蓦地，我想起了翻阅旧报纸时随手记下的卡片。

这是20世纪30年代的一篇报道：

“我们在塬上，七里八村的人都跑光了，不远处，大片的玉米已经没有了一丝生机，焦干焦干的叶子瘦成了窄窄的一条。太阳像浇了油的火球挂在高处，直晒得我的皮肤都要爆开了。这时，忽然发现玉米地好似有一股白烟蒸腾起来，白烟的范围在扩大，扩大……不好！玉米地着火了。我们看着烧着了的玉米地，确信这是自燃而非人为纵火。”

想知道什么是大旱吗？

这就是！

千百年来，水患和旱灾，一直是悬在华夏大地上的一柄达摩克利斯之剑。

洪水峻急，性情暴虐，突发性强。洪峰到处，如同成百上千只饥肠辘辘的饿狮，凄厉着，咆哮着，狂奔着，张着狰狞的血盆大口，随时准备撕碎毫无防备的田野和村庄。世界在措手不及的情况下，“一片汪洋都不见，知向谁边”。

而旱灾，则往往发生在悄无声息处。一旦发生旱灾，至少数月无滴雨，毒辣辣的日头悬挂在头上，热风蒸发掉了土地仅有的一点水分，赤地千里，庄稼绝收，土地龟裂，江河断流。随后，铺天盖地的蝗虫便乘势杀将过来，所到之处，地上的植物被一扫而光。光秃秃的世界仿佛末日来到了一般。

水患与旱灾的区别在于，水患来势凶猛但消退得快，它的发生往往是流域性的，丘陵和山地很少遭灾。而旱灾一般都要持续数月乃至数年的时间，面积广大，一省或数省同时遭灾是常有的事。

据史书记载，自西汉至20世纪中叶，两千多年时间里，中国大约发生了1035次旱灾，平均两年发生一次，王莽地皇三年大旱，百姓卖儿鬻女，十室九空，以草根树皮为食。由于粮食奇缺，二斤粮食需用一斤黄金来换。按古今度量衡换算来看，西汉时的一斤相当于今天的250克左右，也就是说，需用半斤黄金换一斤粮食。如果不是史书言之凿凿，无论如何我们也无法相信，大旱造成的粮食稀缺竟重到了如此令人难以置信的程度。

明朝中叶的大旱，被称为奇旱，持续了6年之久，饿死灾民1000余万人，逃荒达2000多万人，殃及中原五省。“草根树皮，搜食殆尽，流民载道，饿殍遍地，死者无以计数。”这就是史书中对当时境况的描写。

仅就这些文字，我们恐怕很难在头脑中还原当时那遍地白骨、阴森恐怖的立体场景。那好，下面就让我们来看一下记者当年对旱灾的具体摹状吧！

“1936年大旱，百余村庄，难见炊烟。

田地龟裂，沟渠干涸，河水断流。两河乡灯塔西村张克政，3月走到文昌宫，亲眼见到饥民正在烤死人肉吃。”

“王匡础在一肖姓屋里，发现女饥民张彭氏、何张氏等，正在围食死人尸体。

通江麻柳坪杨张氏，携两幼女逃荒，途中倒毙。二女饿极，竟食母亲肉充饥。”

“桐木洞妇女邱氏，将3岁女儿杀死，煮熟食之，以延旦夕之命。”

“死尸肉每斤卖500钱，活人肉卖1200钱。”

太可怕了！

刚才还是泉水叮咚，炊烟袅袅，男耕女织的牧歌田园，转眼间变成了白骨森森，阴风呼啸，令人惊悚的人间地狱。

旱灾，没有硝烟的战争。

地球上吞噬生灵的黑洞。

你就是罪孽深重！

你就是恶！

河南，历史上不仅是人口大省，也是旱灾频发的地方。史书上的记载，用的大多是春秋笔法，大而化之，笼而统之，在此就忽略不计了。让我们来看一下当时河南一家报社的记者对1942—1943年河南大旱的报道吧：

“两个月没下过一滴雨，几尺宽的土路上，逃荒的人流一脚踩下去，马上飞起半尺高的尘土，看上去就像有几十匹马在狂奔。尘土飞扬，遮天蔽日，每个逃难人的脸上，也都是泥土，只有两只眼睛眨动的时候，才能大致看清脸的轮廓。”

“从人的呼吸中，似乎都能闻到呛人的味道。”

“实在找不到吃的，逃荒的人就去挖观音土吃。结果吃土者，最多十日便也死掉了。”

“老鼠是比较耐旱的动物，然而大旱之下，老鼠互相咬着尾巴逃离河南，成群结队地向着可能还有一点水的山西奔去。”

“人们已经不再对生存抱什么希望了，绝望的情绪弥漫在逃荒的人群中。有的人倒下去了，其他人若无其事继续前行。人们的眼神透露的全是麻木和冷漠。”

“连续两年大旱，河南省死了300万人。”

这是何等不可名状的悲惨啊！

300万啊！饿死、病死、冻馁而死……

1942年，林县饿死1650人。马鞍山村500人，饿死280人。采桑镇土门村王秋保一家6口，饿死了5口。全县外出逃荒10800户，占总户数的14%。

我的心被这黑色的现实蹂躏得千疮百孔，不忍直视。

每个民族都有自己的不幸。发生在中原大地的旱灾，则是刺向我们民

旱魃肆虐，田地龟裂，一片焦土（提供/周锐常）

族心灵的毒针，让我们在心痛的同时，还多了一份记忆中的战栗和恐惧。

平复一下心情，我仿佛还能感受到那绝望的眼神，扑倒在地后挣扎着微微扬起的手臂，嗫嚅着呼唤自己亲人时那微弱的最后一丝声音……

泪水，在我的心里流淌！

苦得很……

涩得很……

在林州红旗渠纪念馆，我看到了一张图表，上面记载着林州地面上发生旱灾的次数——从1436年到1949年的514年间，林县曾发生旱灾100多年次，绝收30多年次，出现“人相食”现象达5次之多。

一部林县志，满卷旱荒泪。仅一个旱字，便有旱、大旱、连旱、凶旱、亢旱等多种表述，真可谓旱之极也。

站在林州看河南，站在河南看全国，我想起了海子的一句诗：

雨是一生的错过

雨是悲欢离合

只不过下面我要把雨字改成水字。

3.水是一生的错过，水是悲欢离合

时任全国政协副主席钱正英在一篇回忆文章中写道：1956年，当时还是水利部副部长的她，带人到林县考察时，听说了这样一件事。解放前，一位刚过门的儿媳妇，仅仅因为洒了一担水，在大年三十晚上悬梁自尽了。

她说："当时我们几位水利工作者听到这件事都难过得低下了头，老百姓吃水这么难，我们水利工作者心里有愧呀！"

钱正英说的这件事发生在20世纪30年代，地点就在林县的桑耳庄村。

中国北方有个民俗，大年三十晚上吃饺子。有的史料说，吃饺子的习俗是从东汉末年开始的，是张仲景为祛病禳灾发明的一种吃法。也有史料记载，大年三十晚上吃饺子始于明代，饺子与交子同音，交子是新旧交替之意或曰娇耳。吃饺子意味着物阜年丰。但不管怎么说，大年三十晚上吃饺子，已经约定俗成，成了千百年来中国民间过春节的民俗。然而，就是为了吃上这顿饺子，任村桑家新过门的儿媳妇王水娥，却寻了短见。

事情是这样的。

1920年大年三十的一大早，桑林茂老汉挑着两只水桶出发了，他要挑水回来煮饺子。太阳即将偏西的时候，他晃晃悠悠地挑着一担水来到了村口，这时，等在村头多时的儿媳马上接过了公爹肩上的扁担。今天，人们已经说不清楚到底是脚下打滑，还是被什么东西绊了一跤，总而言之，王水娥摔倒了，一担水洒了个精光。几个小时以后，当家人招呼王水娥吃饭的时候，发现她已经上吊自尽了。

绝望笼罩了桑老汉一家。对故土尚存的一丝怀想，随着儿媳的决绝彻底灰飞烟灭了。

大年初一，桑林茂老汉埋葬了新婚的儿媳，便带着全家踏上了逃荒之路。此一别，一家人便与林县永远断了音讯。

反映当时林县缺水的实景雕塑（拍摄/刘陶）

人的生命在水面前，竟是如此轻忽，轻忽得如鸿毛，如草芥，如一缕叫人没有丝毫感觉的微风。

这是一个残忍的故事，它把一家农户对未来生活仅有的一丝热望碾成了冰冷的黑色粉末。

这亦是对缺水现实的血泪控诉，它把人们对龙王爷一丝尚存的那点祈水心愿，像烂柿子一样，重重地摔在了地上。

水，你不仅是生命的乳，也是一把杀人的刀！

一位科学家说过，水是做人的基本权利。不论是王侯将相还是一介平民，谁都离不开水，离开水谁都别想活。在水面前，人不仅生而平等，而且每个人都有追求这种平等的权利。一旦这个权利受到限制，受到破坏，奋起抗争就是人们的不二选择。

类似王水娥这样的事例其实还有很多。20多年前，我在一篇纪实中看到这样几则报道：

村口的老井，几天不下雨，就露出了石头底。从石头缝儿里渗出的水，好半天才能汇成个小汪儿。急着吃水的人们，便将自己的孩子套在了先做好的“腰卡”上，用绳子将孩子放到井下舀水。有一户人家，因家中没有小孩，便将快要出阁的女儿吊到井中舀水，这时，井壁上坍落下几块石头，正好砸在姑娘的头和腰上，家人忙将姑娘送医院抢救，因石头砸坏了中枢神经，这姑娘从此变成了植物人……

修建红旗渠前，林县人每年有近4个月的时间走在取水路上
（翻拍自红旗渠纪念馆）

有一年大旱，水井都快干了。村里的一老汉从外村借了一头牛来耕田，一天下来，人和牲畜竟一口水也没喝。不用说了，人和牲畜肯定渴得嗓子眼儿都冒烟。这时，只见黄牛先是瞪着有些充血的眼睛哞哞地直叫，继而摆角尥蹄，老汉怕牛跑了，将缰绳拴在了自己的手腕上。一天没见个水星的黄牛渴疯了，拖着老汉奔突，最后竟把这老汉活活地拖死。

解放初期林县500多个行政村，有近三分之二人畜饮水困难，有180多个村要跑到2.5公里以外去担水。有人做过统计，山区的农民每年要把4个月的时间，用在挑水的路上。

我们如果把年变成天，那么，每户每天至少有一人要用三分之一的时间去挑水。对于城里的人们来说，这简直就是天方夜谭，然而对于山里的人们来说，为了吃上水，一切都已经在所不计了。

吃水困难对人生活的影响是多方面的。林县九龙村有630口人，因为吃水困难，没人愿意嫁过来，村里竟有了70多个“光棍儿”。曹家沟有8户人家，25口人，除了3个老太太和3个中年妇女外，其余全是男丁。有一年某村一庄户人家好不容易说上了一个媳妇，当把媳妇抬到家后，媳妇东瞅瞅西瞧瞧，发现家里只有一桶水，知道自己上当了，趁人不备便往山下跑，从此了断了这门亲事。

在红旗渠纪念馆，我们看到了一块石头井台，周遭有数道深深的沟槽。开始我以为是用凿子凿出来的，一问才知道，这是吊水的绳子磨出来的。都说只要功夫深，铁杵磨成针，以麻绳与石头较力，居然能将石头勒出一道道深沟，这是怎样的经年累月，又是怎样亿万次地重复啊！

这刻着道道深沟的井台，不仅见证了沧桑岁月，更见证了缺水的日子里人们的凄怆。

当年在林县那些缺水的村庄，水成了互相馈赠的佳品。村民走亲访友带的是水，干部下乡背的是水，就连解放军进村也不忘给老百姓捎上几车水。水，成了人们感情的纽带，亦成了透视相互心灵的窗口。

在汉语词典里，涉及水字的词语，恐怕有成百上千。就像人们活在空气中并不特别感到空气的存在一样，平时人们也并不感到水有多么的不可或缺。然而，在林州采访的过程中，我有了一种全新的认识，我平生第一次发自内心的感受到水是那样的珍贵与亲切……

敬畏水就是敬畏生命！

亲近水就亲近你自己！

第二章

为什么是1960

如果极度缺水，生存的信心就会被摧毁，人的尊严也将荡然无存。

准确地说，修建红旗渠，是林县人民陷入生存困境后的一次壮丽的生命突围，是人在自然环境的刀锋剑丛中昂然奋起的绝地反击。这是一次神奇的日出，在历史与现实的相互交汇中，叠印出的世所罕见的缺水之苦与惊天动地的不世抗争，构成了那个时代的伟大传奇。

1.初心在水

今天的人们都知道，红旗渠1959年擘画，皆因当年那场大旱。

其实早在1951年，林县第八届人民代表大会上，横水和任村的代表就提出了引漳河水到林县的动议。

1952年8月15日，在林县第九届人民代表大会上，横水和任村代表再次提出把漳河水引到林县来，用漳河水浇灌林县北部旱区的农田。

代表们的提议引起了中共林县县委的高度重视。县委、县政府综合代表们的建议，报请省委、省政府和政务院，请求将这一工程列入国家计划。时任林县县长杜清旺后来回忆，周恩来总理亲自阅批了他们呈送的《引漳河入林县灌溉土地的请示》。随后，国家派出水利专家到林县境内实地勘测，终因工程浩大，机械设备和技术人员匮乏，加之国家财力不足，行政区划变动等原因，林县的报告被搁置下来。

然而，一个梦，一个让山河葱茏，大地迷彩的梦，就此走进了林县人民心里。

梦是什么？它是一颗火种，一旦时机成熟，它就会燃起熊熊大火，并形成燎原之势。

梦也是初心。林县人民随后几十年重新安排河山的不世奋争，将饱蘸汗水和血水的初心，尽情使性地挥洒在蓝天白云下，由最初的引漳入林动议，硬生生变成了一条“当惊世界殊”的人工天河。

这是林县人民的梦圆时刻!

然而，50年代初，林县人民翘首以盼的则是，圆梦那一天的早日到来。

1954年8月，26岁的杨贵赴林县任县委书记。

简单交接完工作，他便一头扎进了大山。

半个多月的时间，他用脚步丈量了大半个林县。

在寨底村，一座古庙引起了杨贵的注意。古庙里面矗立着一块石碑，记录了光绪五年（1879年）当地凶旱的情形：

“三年间，无麦无禾。大米一斗，大钱一千六百文。小米一斗，一千三百文。黄豆一斗一千文。黑豆一斗九百文。人苦无钱，难买粮食，众所食者，树皮野草……有饥而死者，病而死者，人争割其肉而食之，甚至有将已掩埋者刨其尸剥其肉而食之者。”

令人无法想象的是，这样的石碑在林县竟然有30多块。

“自前年以来，三年春日无雨，麦未种，人相食，死者约十之六七。”

“大旱之年，颗粒无收，柿叶甘土，俱当餐饭。幼儿出卖，一两串钱，人吃人肉，遍地不安，皇帝放赈，人死万千。”

小店乡桃科村有一块清光绪七年（1881年）的碑文：

“光绪二年，共计男女一百一十七口，三四年间，流离死亡。仅存男女十一口。斯时，骸骨堆之如丘。妇女十七八岁者，仅值三五百文。王姓祖居其庄，有男女四五十口，流离饿死，仅存活3人而已。”

林县桂林镇流山沟村荒旱碑上，记载了清光绪五年（1879年）大旱之后，本村51户，死绝17户人口的悲惨命运（提供/周锐常）

字字泣血，句句含悲。

像蒺藜塞满胸膛，杨贵的心被深深地刺痛了。

他将这些钻心刺骨的文字印在了脑子里。

打小以来，杨贵知道，人一刻也离不开水。但他绝对想象不到，不消说无水，就是缺水，人的生命之轻也与草芥虫豸鸿毛无别，甚至远不如它们。

天旱则缺水，缺水则庄稼歉收乃至颗粒无收，人则因无粮食果腹或逃或亡——这就是现实中人水关系恶性循环的逻辑链条。

没有水，生命都没有保障，何谈安居乐业？

旱魃不除，谁能保证远去的魍魉不会回来重又恶贯满盈，兴风作浪？

继续走着，杨贵看到了更多难堪景象。

一座水塘，水面漂浮着羊粪、树枝和枯草，原本白亮亮的水已变得十分混浊，不时有人过来担水。杨贵问来人：

“这水喂牲口吗？”

“啥？这水是挑回去喂人的。”担水人怼了杨贵一句。

再看四周，牛和羊在塘边悠然地舔着水。

“这水可怎么吃哟。”杨贵像是喃喃自语。

长期以来，丁冶村300多户百姓就饮用这塘里的水。

“你们咋不打井？”杨贵问村干部。

“别看这塘里有水，离开这塘打多深的井也不出水。”

杨贵记在了心里——丁冶村。

今天人们知道，这与林县地下多裂隙岩溶有关，但当时无人知晓这些。

一定要让乡亲们吃上干净的水，杨贵在心里反复地叮嘱自己。

新中国成立前，林县基本上是靠天吃饭，大旱绝收，小旱薄收。新中国成立初期，林县人民仍过着糠菜半年粮的生活。一个区三五万人，只有几眼水井，许多人家一天才能挑上一担水。为这一担水，打架伤人是常有的事，甚至为此还出过人命。

半年前，杨贵还没被正式任命为林县县委书记，他的身份是工作组组长，协助林县工作。一天，他们一行五人到山区一个村庄调研，走了一天山路，眼睫毛上沾满了尘土。他对房东说：“给我们弄盆水洗洗脸吧。”

片刻，房东端来了少半盆水，还反复地叮嘱：“洗完脸千万别倒了，这水还得给猪喝。”待杨贵仔细一问才知道，当地一盆水至少要用四遍，先洗菜淘米，再给姑娘媳妇洗脸，再洗衣服，最后倒进泔水缸里喂猪。

不是亲眼所见，杨贵无论如何也想象不到，林县缺水已经到了这种地步。

“真是水贵如油，惜水如金哟。”杨贵后来对《人民日报》记者说。

一趟山区走下来，水在杨贵心里扎下了深根。

这不是红豆杉的根，浅埋在土地的表层。这是胡杨树的根，一旦扎进土里，便不顾一切不屈不挠地向下生长，时间越久，根须扎得越深越实，即便有岩石挡路，根须也会从石缝儿中穿过去与下面的泥土汇合。

林县贫困在山，根源在水，希望也在水。不解决山区缺水贫水问题，纵使我们累折了腰，也是瞎子打铁——敲不到点上。

杨贵在县委会上如是说。

他想到了使命。共产党为什么闹革命？不就是为了让老百姓过上好日子吗。老百姓眼下吃水这么难，我们作为共产党的领导干部，于心能安吗？

日思夜想，一个尽快改变林县缺水现状的想法，在他心中逐渐变得清晰起来。

但这仅是一个短平快的计划，离根本上解决林县的缺水现状，还有一段很长的路。

林县人民已经等不及了。

挖掘山泉水，留住天上水，连片渠中水，外加打井水，逐步实现水利化、网格化，提高抗击自然灾害的能力。

大搞群众性植树造林活动，增加森林覆盖率，涵养水源，养土保墒。

提高植树造林成活率，发动农村妇女养蚕9000席，产丝四五万斤。

大搞养殖业，利用两三年时间，实现猪满圈，羊满坡。

林县以水利建设为中心，加快山区建设的大幕，徐徐拉开……

2.要让渠水长流

林县，历史上就有修渠的传统。

自打来到林县，杨贵就叫人帮他找来了一部《林县县志》，走到那儿，他都随身带着。夜深人静时，他把眼睛埋在发黄的书页里，新一天太阳升起，他走在崎岖的山路上，莫名而又苍凉的情绪使劲地拉扯着他，满脑子回荡着历史的交响。

历史是立体的，它永远以一种召唤的姿势，矗立在我们面前。

元朝潞安巡抚李汉卿从漫漫古道上走来。没有前呼后拥鸣锣开道，他只有一个人。看见老百姓渴得嗓子冒火，他弯腰捧起地头的瓦罐，里面空空的，一星儿水也没有。他意识到，有时候水比油还金贵。

他捐出了一年的俸禄，带领老百姓挑沟修渠。三年过去了，一条宽1米，长20余公里的大渠，从太行山深处翻山越岭迤逦而来直抵县城。

这是林县历史上第一条大渠，名曰太平渠。

林县老百姓在李汉卿离任后，为他立了一通石碑。

“李公汉卿来治是州，下车抚民劝农，问以利病。教条既布，询谋于允，导水以东，以济渴以溉枯槁，众踊跃从命，不督而疾。阖境之人，以公有润物之功，感公之仁，嘉公它智，遂刻石纪之。”

明万历年间，举人谢思聪知县林州。上任后为解百姓饥渴，先重修县城南关的储水池，随后又引来山泉，新开一大池。新池建成日，他命之曰“阜民池”。

随后，他又组织人力从林县西边的洪谷山引水，修建洪山渠。后来老百姓为纪念他，改称“谢公渠”。

谢公渠建成200年后的清乾隆五十年（1785年），林县老百姓集资建成了谢公祠。几百年了，谢思聪的雕像静静地矗立其间，今天，我们在谢公祠，仍能看到这尊雕像。他面庞清癯，目光深沉地注视着远方，充满了无限爱意。是的，一个不懂得爱的人，人们怎么会相去几百年了还深深地怀念他呢？

400多年过去了，谢公渠的水依旧流淌（提供/周锐常）

有人说，感受历史，实质上是为了关照当下。

时间来到了1955年春天，杨贵走马上任半年多了。

一个念头在他心里顽强地生长着。

若想改变林县严重缺水现状，必须做足水库和水渠这两篇大文章。

修水库是为了留住水，修水渠是为了长流水。

老百姓盼水盼得太久了，绝不能让老百姓再等了……

在人民群众中收获的信念一旦合上了时代节拍，马上就会在现实中找到它的落脚点和发力点。

杨贵把他的想法和县委常委们一说，没想到，大家众口一词：同意，完全同意！

于是，林县县委决定，立即修建淇河渠。

淇河，古时候叫淇水，《诗经》里的众多篇章都是沾着淇水写就的，那时候的淇水，是浪漫着浓浓诗情和爱意的地方。它发源于山西陵川县方脑岭棋子山。经辉县腰子街村进入林县后，穿越临淇盆地东入鹤壁市，于淇县新卫镇进入卫河，在林县流域面积806平方公里。

1955年10月，临淇、泽下、茶店三个区的4000多民工在淇河两岸摆开了战场。

一时间，淇河两岸鏖战急。4000多民工穿山凿壁，所向披靡，不眠不休。这是新中国成立后，林县上马的第一个大型水利工程，包括渠首拦河坝，淇南、淇北两条干渠和九条支渠。两条干渠总长88华里，九条支渠总长123华里，浇灌耕地78000多亩。

1958年2月，经过16个月苦干，淇河渠工程胜利竣工，并旗开得胜。

一次性浇灌耕地近8万亩，这是历史上从未有过的壮举。

当欢快的渠水一路飞奔进田间地头，林县人民开心地笑了，它让林县人民品尝到了初战胜利的硕果。

希望在前面领路，一个又一个水利工程次第展开。

淅河渠，是林县修建的第二条大渠。1956年春，修建淅河渠的号角吹响。

这一次不像修建淇河渠那样顺利。工程的艰难程度大大地超出了预期，几千人马挥汗如雨大干了五个月，才艰难地将淅河渠向前推进了1030米。屋漏又逢连天雨，恰在这时，工程款也用完了。没办法，工程只好暂时鸣金收兵。

出师无名，林县人民品尝到了失败的滋味。

失败并不可怕，所有伟大的成功不都是由失败提前预支了学费吗?

在这学费里面，就包含着历史经验和过程。

修渠，对于林县人民来说，已经是家常便饭。从某种意义上甚至可以说，一部林县史，就是一道修渠记忆的长墙。

自太平渠之后至1949年，林县陆续修建了黄华渠、洪峪渠、永惠渠、桃园南渠、新民渠、爱民渠、抗日渠、建设渠、建民渠、爱国渠等十八条水渠。

这仅是在《林县志》上有文字记载的。

渠水不仅是一面镜子，更是一部大书。

在人与自然的交互关系中，永远是自然出题，人类答题。自然条件越严酷越恶劣，人类的抗争就会越频繁越激烈。

人类可能暂时匍匐在自然环境的淫威之下，但不可能永远被大自然压迫得抬不起头来。

淅河渠虽然中途夭折，但它并没有影响林县人民重新安排山河的决心。紧接着天桥断渠、露水河渠、任村引漳河水工程相继建成。

渠水流进了干涸的土地，也流进了老百姓的心里，流到了老百姓的脸上。

大地换上了新装，脸上的皱纹被抚平了，新绿笼罩大地，变得如娇媚的新娘。

截至1944年林县解放前，林县只有水浇地面积1万多亩，到了1957年，林县水浇地面积达到23万亩。

增长了近23倍。

怎么样了，可以歇歇了吧？

群众回答，这离我们想要的，差得远哩！

于是，林县人民又上路了

1957年和1958年，是林县水利建设大干快上的两年。

彩旗漫卷，号子声此起彼伏，大喇叭里整天响亮着——

社会主义好，

社会主义好，

社会主义国家人民地位高……

1957年12月12日，顶着寒风冒着小雪，淅河渠重新上马。

建渠委员会主任由杨贵亲自担纲，他提议将淅河渠改称英雄渠。

他还即兴赋诗一首：

劈山钻洞炸石头，逼着淅水高山走。

数千群众战河山，英雄出在河交沟。

诗虽然不太合辙，但明白易懂，关键是让建设者们陡然生出了一种自豪感。

有的民工还单单将“英雄出在河交沟”，用豫剧祥符调唱出来，婉转悠扬还拖着长长的尾音。霎时，一人唱百人合，英雄情结在人们的心底互相传染着，拔节长高。

英雄渠总长407华里，干渠长近28华里，4条支渠长379华里。

这次，为了充分调动施工队伍的积极性，采取了谁建设谁受益的办法。568名党员组成98个突击队，带领8000多名社员日夜奋战在建渠工地。

正值隆冬，天那真叫一个冷啊。社员们睡山洞、住席棚，早晨起来，被子上厚厚的一层白霜。他们将誓言编成快板：

冰冻三尺

雪下一丈

寒风刺骨

不当败将

合涧民工住在山洞里，他们把山洞称作“英雄楼”。“英雄楼”被编成顺口溜：

英雄楼

英雄房

玉石柱子玉石梁

玉石门前玉石路

英雄睡着玉石床

把艰苦的日子过出快乐的滋味，让心灵在爬冰卧雪中高高飞翔，这不就是革命英雄主义吗。

1958年5月1日，英雄渠开闸放水。

4个月零18天，革命英雄主义在这里凯旋。

怒放的梨花，把河交沟装点成了一个忘情的世界。

历史记住了这一天。

至此，林县人民用三年时间，建成四条大渠的目标，终于大功告成！

行进到这里，林县人民还不能停下脚步。

因为流经林县境内的淇河、淅河、露水河，都是季节性河流，丰水时河水暴涨形成水患，枯水时河水断流河道干涸。

林县人民要的是渠水长流啊。

如果没有水库配套，四条水渠就会成为季节性水渠，它的作用就会大打折扣。

1958年3月8日，中共林县县委（扩大）会议决定，举全县之力，修建要子街、弓上、南谷洞水库。

1958年3月24日，要子街水库建设的大幕率先拉开，10000民工各就各位。

要子街水库位于辉县境内，水库坝高21米，长265米，底宽150米，顶宽5米，最大蓄水量3450立方米，兴利库容720万立方米，可浇灌农田12万亩。

经过三个半月的奋战，要子街水库于7月10日竣工。遗憾的是，竣工不久，一场罕见的大暴雨将大坝冲垮。林县人民不得已，第二年又出动专业队伍将大坝重新修好，这是后话。

4月1日，弓上水库和南谷洞水库同日开工，两万多名建设者浩浩荡荡走上了工地。

弓上水库位于淅河中游的弓上村，坝高52.95米，长287米，顶宽5米，底宽194米。水库建两级输水洞，一级输水洞长195米，二级输水洞长115米。水库控制流域面积605平方公里，最大库容3220万立方米，兴利库容2150万立方米，可以灌溉17万亩土地。

弓上水库历时两年又两个月，于1960年5月末胜利竣工。

南谷洞水库位于林县西北部的露水河上，控制流域面积270平方公里。水库大坝坐落在绝壁峡谷中，坝高78.5米，河槽底宽58米，坝底宽241米。溢洪道建在大坝左岸，长347米，宽40米，最大泄洪流量每秒1540立方米。大坝右岸山体内建输水洞两个，一级输水洞长632米，输水量每秒10立方米，二级输水洞长282米，输水量每秒20立方米。水库最大库容量6900万立方米，可浇灌农田15万亩。

南谷洞水库历时两年零四个月，于1960年7月竣工。

三个水库加起来，库容将近1亿立方米。

四条大渠，三座水库——林县的人畜和农田用水，基本有保障了。

一幅抽黄吐绿，瓜果满山，牧歌田园的美丽画卷，正在人们眼前展开……

夏风拂过田野，金黄的麦穗摇曳着腰身随风起舞。绿油油的菜地里，嫩绿叶子上的露珠相互嬉闹着，闪耀着银光。通红的苹果挂满枝头……

一派醉人的景象。

老百姓的心已经激动起来。是啊，没法不激动哦！多少年了，面朝黄土背朝天，一年下来，连温饱都混不上，这样的日子马上就要成为过去了……

然而，谁也没有想到，1959年，一场百年不遇的大旱，把林县人民打回了原点。

美好愿景被碾压粉碎。

3.凡事都是被逼出来的

“那真叫一个旱呀”。杨贵说。

“旱到什么程度？”记者追问。

“所有的水库，都快底朝天了。水渠变成了干渠，土地旱得都裂开了嘴，用手抓一把，全是土面子，一点水分都没有。”

“那还能种庄稼吗？”

“种啥呀。种子下到地里，两天就瘪了。”

当丰满的理想和骨感的现实相遇，或者向现实低头，逆来顺受；或者勇敢地迎上去，泰山压顶不弯腰，做现实的主人。

林县人民选择了后者。

看来，眼睛只盯着林县是不行了。

怎么办？杨贵和县委一班人在苦恼中找寻着办法。

“到外面看看去。”杨贵说。

他说的外面，就是相邻的几个县。

林县的地势是西高东低。水不能倒流，东边的几个邻县是没有指望了。林县把找水的希望寄托在了西边的山西陵川，西南边的山西壶关，西北边的山西平顺。

县委马上组成了三个找水小组，杨贵和书记处书记周绍先带一组到山西平顺，县委书记处书记李运保带一组到山西壶关，县长李贵带一组到山西陵川。我们在档案资料中找到了一张找水小组出发前的集体合影，县里的主要领导尽列其中。可见，林县对这次找水寄托了多么大的希望，真有一种“风萧萧兮易水寒，壮士一去兮不复还”的味道。

林县干部翻山越岭寻找水源
（翻拍自红旗渠纪念馆）

事物都有两面性，可能成功，也可能失败。找水失败了怎么办？它意味着什么？我想，这些问题在杨贵及其他县委领导的脑海中恐怕不止一次地考虑过。找不来水，过去修建的那些水利工程就会大打折扣，老百姓流血流汗后看不到满意的结果，老百姓会怎么说？

只有华山一条路——必须把水找回来。

带着壮士断腕的决心，三个找水小组队员上路了。

不要说道路崎岖难行，翻山越岭，山路能好走吗？

不要说风餐露宿，见着了前村见不到后店，能借宿农民家里已经很不错了。

不要说烈日当空热风如织，烤得每一个人身上都脱了一层皮。

在找水人员心里，这些都不算什么。

关键是，必须找到水。

陵川县和壶关县，或没有合适的水源，或有水源但工程难度太大，都搁浅了。剩下唯一的希望，就是平顺县。

翻过一座座山，越过一道道岭，正当大家疲惫不堪的时候，倏地，好像有滔滔的水声传来。杨贵侧耳细听，应该就在不远处。一行人振作精神，朝水声处奔去。

众人被眼前的景象惊呆了。一条宽广的河流，穿山破壁，汹涌而来。在阳光照射下，水面腾起一层薄雾，好似霓虹一般不断变幻着色彩。河水撞击岩石发出的轰鸣声，就像钢琴在弹奏《欢乐颂》，大家的情绪顿时高涨起来。

这不就是大家日思夜盼的水源吗？

这条河叫浊漳河。《山海经》记载："漳水出焉，东流出于河。"

漳水即浊漳河，在山西省东南部。“出焉”，是说漳水发源于发鸠山。说起发鸠山大家可能不太熟悉，说起不周山知道的人就多了，因为“共工怒触不周山”的故事，在中国几乎家喻户晓。古时，发鸠山即不周山，位于长子县西约25公里处。《山海经》认为浊漳河发源于发鸠山，其实，这只是浊漳河发源地之一，浊漳河还有另外两处发源地，一个是西浊漳河，发源于沁县漳源镇余岩北村，一个是北浊漳河，发源于榆社县的三垴村。浊漳河干流长约124.7公里，常年每秒流量30立方米，年径流量为7.3亿立方米，是名副其实的一条大河。古时，浊漳河直接汇入黄河，东汉黄河改道后，浊漳河成了海河水系的一部分。

面对这条古老而又澎湃的大河，杨贵一行人如释重负……

阳光照射进了每个人的心里，温暖而又明亮，是一种由衷地从内向外的发散。眼前的河水变得神圣起来，仿佛在挥洒着五彩光芒，带着欢笑，快速流向林县干涸的土地，流向村村屯屯，流向老百姓的生活里……

杨贵，以及杨贵的战友们，还有林县的父老乡亲听到这个消息后的心情，何尝不是如此呢？

从杨贵一行看到浊漳河的那一刻起，浊漳河与林县，与红旗渠同气连枝的命运便被锁定了。

这是人工天河的起笔处。大笔起落，纳山之灵气，汲水之膏泽，英雄际会，时代扬波，一条世界为之侧目的人工天河，便以剧烈的震响现身在年轻的共和国版图上。

《周易》言，“凡举大事者必慎其始。”林县县委一班人知道，引漳入林，这是一项必须举全县之力而且牵一发动全身的大工程，绝不是举手投足那般容易。为此，县委会议室的灯光经常从傍晚亮到天明，思想上的交锋进行了一次又一次。

“工程是要花钱的，钱从哪儿来？”

“这几年咱们修水渠修水库，财政老本都拼光了，腰也快累折了，非得干吗？”

“如果工程失败了，不，就算没失败，但它没有达到预期效果，我们怎么向老百姓交代？”

支持红旗渠上马的人更多。

“咱们都是共产党员，难道我们对老百姓的苦日子，就一点也看不见吗？”

“还天天喊马克思主义，不干，半点马克思主义也没有。”

“干有可能失败，可不干是最大的失败。”

“咱们别怕失败。失败了咱们总结经验，总有成功的一天。”

其实，杨贵心里对失败也很担心，甚至比任何人都担心。

他曾在太行山崖上，望着脚下的万丈深渊对李运保说：“修渠失败了，咱俩就从这崖上跳下去。”

任何事情，开始都不会有绝对把握，况且还是第一次面对这么大的水利工程。

干是有风险的，但不干，林县的老百姓就永远摆脱不了水荒的折磨。

一想到老百姓没水吃的苦，杨贵心里的顾虑顿时消散了。

县委决定，领导分头下去，广泛征求各方面的意见。

同时，向地委、省委汇报，请求上级支持。

责成水利局组织技术人员对引漳入林工程进行实地勘测，制定引水方案。

各路消息反馈回来了。

老百姓听说能从山西引进水来，一劳永逸地解决吃水用水问题，心中熄灭的火苗又重新燃烧起来。

“我们宁肯苦干，也绝不想再苦熬了。”这是老百姓发自心底的话。

水利技术人员引水方案出来了——技术上没有问题。

地委、省委的答复是：同意林县上马引漳入林工程，但无法给予资金支持。

杨贵说：“只要上级同意就行，其他的事，就靠我们自力更生，艰苦奋斗来解决了。”

今天回过头看，自力更生，艰苦奋斗就像一根主线，贯穿红旗渠建设的始终。没有自力更生，艰苦奋斗，就不会有红旗渠。当然，还有团结协作，无私奉献。但首要的是自力更生、艰苦奋斗，这是红旗渠的根本。

中国有句古语，“巧妇难为无米之炊”，但也有一句当代人耳熟能详的话，“有条件要上，没有条件创造条件也要上”。

有条件谁都会上，没条件咋上？

唯有自力更生，艰苦奋斗！

所谓自力更生，简单地说，就是凡能自己解决的事情，全部由自己来解决。正如当年《人民日报》社论所指出的：红旗渠建设之初，资金缺乏，物资缺乏，甚至钢钎、镐头、抬筐、抬杠等简单的生产工具都很缺乏，但林县人民不等不靠，自带行李、粮食和各种生产工具，硬是凭着自己的双手，解决了前进过程中所有的困难，赢得了红旗渠建设的伟大胜利！

自力更生，艰苦奋斗，你已化作神圣的信仰，深深嵌入了林县人民的心中，成为林县人民历百代而不衰最宝贵的精神财富。

我经常问自己，50年了，到底是什么东西让我对红旗渠念兹在兹难以忘怀？说到底，就是那些自力更生、艰苦奋斗的故事，一开始便像榫头一样扎进了我的心里。它们不像高天流云，轻盈曼妙，似有似无，它们是春天里的一粒种子，种到你心里后，便会在你心里生根、发芽、开花、结果。

让我们再回到1959年的现实中来。

1959年下半年，林县是在盼望和等待中度过的。县委书记处连续召开会议研究“引漳入林”工程，同时，与各级干部和群众展开广泛对话，积极“走群众路线”。

群众路线是共产党克敌制胜的一大法宝。走群众路线的过程，既是倾听不同意见的过程，也是组织和动员群众的过程，上上下下形成共识的过程。只有达成共识，才能最大限度地调动群众的积极性，把蕴藏在人民中间的潜力全部挖掘出来。

毛泽东说，“人民群众中蕴藏着极大的社会主义建设的积极性。是的，只要他们认识到，党引导的方向就是自己最大利益之所在，他们就会将自身的全部能量，像核裂变一样爆发出来”。

时间来到了深秋，这正是庄稼成熟的季节。“引漳入林”工程也到了最后决策的关头。

林县老百姓“引漳入林”的呼声震耳欲聋，就像一个巨大的管乐队，刚劲的号声让你无法回避。

杨贵说，这时才真正发现，群众改变现状的愿望就像干柴，轻轻一拨拉，就会燃起熊熊大火。

1959年10月10日，中共林县县委召开（全体）扩大会议，全体与会代表认真审议了杨贵代表县委作的报告，郑重批准了“中共林县县委关于‘引漳入林’的决议”。

“引漳入林”工程紧锣密鼓地开始了。

4.天时地利人和

水，对于山西来说，也是珍贵的，因为山西也是一个贫水省份。

到山西跨省引水，可能吗？

问题是，引水方仅仅是河南省的一个县。

西方有句谚语，机会永远不会主动找上门来，要靠你自己去寻找。

等待时机，莫如创造机会。

《管子》有言：“知者善谋，尽在当时”。《国语》也说：“得时无怠，时不再来”。

林县县委为了牢牢抓住这次机遇，开始主动出击了。

1960年1月16日，林县县人委向新乡地区专署和河南省人委专题报告，请求帮助林县与山西省委，省人委协商，从山西平顺县辛安村引水。

1960年1月24日，杨贵写信给河南省委书记处书记史向生，请求省委领导直接与山西省委领导沟通，尽快确定引水地点。

1960年1月27日，河南省委，省人委分别致函山西省委、省人委。同时，河南省委书记处书记史向生，秘书长戴苏理联名致信山西省委第一书记陶鲁笳和省委书记处书记王谦，请他们出面帮助解决林县的引水问题。

1959年大年三十，家家户户都在张灯结彩，喜迎春节，而林县农工部长王才书和胡全忠，正拿着史向生和戴苏里的信函，坐在开往太原的火车上。

大年初一，陶鲁笳和王谦收到了史向生和戴苏里写给他们的亲笔信。

农历正月初五，陶鲁笳、王谦和副省长刘开基专题研究林县引水事宜，指示东南地委和平顺县委帮助林县解决引漳入林工程的相关问题。

2月3日，王谦、刘开基复信史向生，表示“同意林县兴建引漳入林工程，建议林县引漳入林工程从平顺县侯壁断下引入，并按此设计”。

这里要说明的是，林县原来设计的引水点，在平顺县辛安村，因为平顺县要在附近修建一座水库，建议林县把引水点改在侯壁断。

至此，到山西境内引水，基本定下来了。

从这个时间表上，您感受到了什么？

除了急切，还是急切。

就像一台发动机，一旦合上电闸，便会飞速地运转起来。

从1月16日林县向省委、地委写出报告，希望从山西平顺引水起，到河南省委、省人委致函山西省委、省人委，再到河南省委史向生、戴苏理致信陶鲁笳、王谦，再到山西省回复同意到平顺县侯壁断引水，中间不到20天，而这期间，还包括1960年的春节。

如此办事效率，用“神速”二字当不为过。

一方面，林县想趁热打铁，避免夜长梦多，节外生枝。另一方面，山西省委坚持“全国一盘棋”确实给力，用最短的时间批复了林县引水的请求。

如此高效，一定有另外的原因。

是的。史向生，1912年生于河南省濮阳，是地地道道的老河南，抗战时期，他曾任中共豫北工委会委员兼中共林县县委书记，新中国成立后，担任过河南省委常委、省委副书记、书记处书记、副省长兼农委主任。看到这里就应该明白了吧，为什么杨贵找到他会一路绿灯，甚至亲自给山西省委第一书记修书一封。

为老区人民奔走呼号，对当年那些老革命者来说，就是尽一份责任，是他们回报老区人民的机会。新中国成立初期许多领导干部，都有深深的老区情结，这不仅因为他们把自己最辉煌的生命时段留给了老区，更是因为老区人民用生命掩护、养育和支持过他们。革命胜利了，许多战友倒在了黎明前，而他们活下来了，走进了城市，住进了高楼，但他们的心里，最难割舍的还是老区的山山水水、一草一木和那里的父老乡亲。

没有他们，或许就没有他或她的今天。

所以，在史向生、戴苏里致信陶鲁笳的时候，第一时间得到了陶鲁笳的快速回应也就不足为奇了。

陶鲁笳，原籍江苏省溧阳县（今溧阳市），1917年生，1936年加入中国共产党。1945年担任中共太行第五地委书记时，地委就驻扎在林县。新中国成立后，他先后担任山西省委常委兼宣传部部长，省委书记处书记、省委第一书记。接到史向生的信后，他第一时间就与王谦进行沟通，春节过后上班的第一天，他又找来副省长刘开基等同志，很快就把林县引水的事定下来了。多年以后，他和杨贵聊起这件事，他深情地说：“抗战后期我在林县工作过，知道那里缺水的情况，所以马上就敲定了。不过当时你们的人来向我汇报，我以为你们只是搞一个水渠，哪承想你们搞了这么大一个工程。”

今天恐怕知道陶鲁笳的人已经不多了。但在林县，陶鲁笳仍然是名声赫赫。

“陶书记当了那么大的官，还没忘了当年在林县打游击，还想着分出水来接济俺，真够意思哦！”

老百姓的话说得很直白，但这就是人心！

杨贵说：“接到王才书从山西打来的电话，心里的一块石头终于落了地。”当时，他正在郑州参加全省五级干部会议。

他立即接通了李运保的电话：“不要等我，马上开工！”电话里他急切地对李运保说。

“那样好吗？”李运保有些犹豫地问。

“有什么不好！这边的会还不知道开到啥时候呢。时间不等人，你赶紧组织开工。”

1960年农历正月十五（元宵节），“引漳入林”工程在林县几十万群众的高歌声中正式开工了。

下面是红旗渠日志的有关记载。

二月九日（农历正月十三）

成立“引漳入林”总指挥部

政委：杨贵、李运保

总指挥：周绍先

副总指挥：王才书、郭风辰、尹丁山

二月十日（农历正月十四）

“引漳入林”总指挥部召开全县广播誓师大会，参加收听的干部和群众达四十余万人。

“引漳入林”总指挥部政委、县委书记处书记李运保同志向全县人民发出了“引漳入林”动员令。一声令下，大地沸腾，当天夜里，全县人民便紧急行动起来。

二月十一日（农历正月十五）

“引漳入林”工程正式开工。当天到达工地的人员达到35100人。

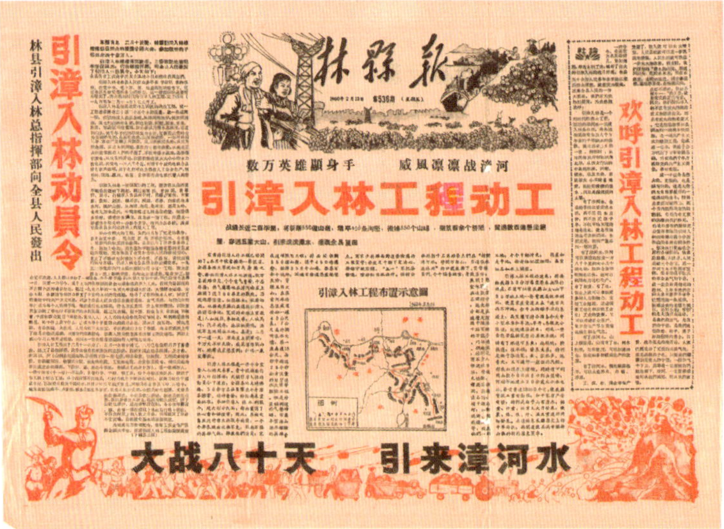
林县报

引漳入林动员令

林县引漳入林总指挥部向全县人民發出

数万英雄顯身手　威風凛凛战漳河

引漳入林工程动工

欢呼引漳入林工程动工

引漳入林工程布置示意圖

大战八十天　引来漳河水

1960年2月11日，“引漳入林”工程正式开工。2月12日，《林县报》做了专题报道。一部不朽的奋斗史诗，从此拉开帷幕。（提供/周锐常）

我在泛黄的《林县报》上，找到了当年的“引漳入林动员令”。未及读完，我便被带回到那个激情燃烧的岁月，心旌为之荡漾起来。

“全县父老兄弟姐妹们，水利建设的英雄们，从明天起，我们就进入了一个不平常的日子。数万健儿要投身工地，留在家里的人要担起比以前更重的担子，不但水利建设要取得胜利，而且农业要获得全面丰收，各条战线都要取得优异的成绩！”

“各级领导要时刻为民工生产生活着想，使民工吃饱住暖，有劳有逸，安全生产。为保证人员和车辆来往顺畅，在林县县城、姚村、任村、盘阳、河口等地设立服务站，保证民工和运输人员饥有吃，渴有喝，夜有住，病有医，车辆坏了能修理。”

命令此颁，十万大军横刀立马太行山。

“引漳入林”工程终于开工了。前面的左冲右突，日思夜想，反复谋划，今天，在开山的隆隆炮声中都化作了满树的梨花绽放。

孟子在两千多年前说过一句国人妇孺皆知的话：“天时不如地利，地利不如人和。”今天，我们回望红旗渠开工前的一连串过往，对这位儒家亚圣的话似又有更深一层的理解。世界上的事，谋事在人，成事也在人。而人是有血有肉有感情的。任何时候，我们都不能忽视情感在事物演进中的重要作用。

人和，是红旗渠的助燃剂、提速器，也是无形的生产力！

这对后世，恐怕永远会有启迪价值。

正所谓：“天时不如地利、地利不如人和。”

5.机遇只有一次

杨贵曾对记者说："红旗渠若晚开工一到两年，那就不好说了。"

"为何？"

"那不是明摆着吗"。杨贵继续说："1960年，正是三年困难时期的第一年，国家财政极度紧张，许多大型工程都下马了，根本问题还是遇到了粮荒。没有粮吃，别的事情也就顾不上了。林县好在手里有几千万斤储备粮，我们抓住了这个机遇，硬是上马了'引漳入林'工程，如果等到1962年以后，形势好转了，再到平顺县去弄水，可能性就不大了，平顺县有几个水电站还要上马，毕竟水对平顺县也很金贵哟。"

多年后，史向生对杨贵说："你们这是巧妙利用了国家形势。"

杨贵说："所以才着急请你给陶书记写信。"

"当时真的是怕夜长梦多呀。一看山西省委同意了，我们立马就开工，一刻也不敢耽搁。"

这或许就是人们常说的机遇吧。

红旗渠是幸运的，它抓住了一次转瞬即逝的机遇，成就了一项伟大的工程。

机遇确如白驹过隙，抓住了，你便鹏程展翅，一飞冲天；失去了，"东风不与周郎便""随风直到夜郎西"。

还有一件事值得一说。山西境内的红旗渠工程，早在1960年就已经完工了。1962年，林县县委决定，拿出36万元，把山西境内修渠占用的土地，全部买下来。当时，对于林县来说，36万元不是个小数，但拿出这36万元，便永久解决了与山西平顺县的土地纠纷。

这也是抓住了一个机遇。

当时人们普遍缺乏地权意识。山西认为林县这是高风亮节，而林县实则是在未雨绸缪。

林县如果不拿出这36万又会怎样呢？对杨贵那一届林县县委班子来说，至少手头会宽绰一些吧。

但杨贵说："我们绝不能给后人留下麻烦"。

今天，我们可以在林县红旗渠展览馆看到《林县、平顺两县双方商讨确定红旗渠工程使用权的协议书》。在这份协议上签字的，有20多个单位，仔细看一下你会发现，大多数是平顺县的生产大队，而生产大队的后面，就是成千上万的农民。

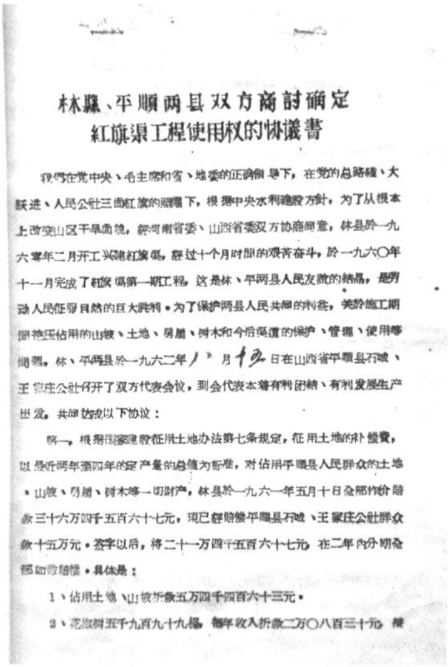

林縣、平順两县双方商討确定
紅旗渠工程使用权的协議書

我們在党中央、毛主席和省、地委的正确領导下，在党的总路線、大跃进、人民公社三面紅旗的照耀下，根据中央水利建設方針，为了从根本上改变山区干旱面貌，經河南省委、山西省委双方协商同意，林县於一九六〇年二月开工兴建紅旗渠，經过十个月时間的艰苦奋斗，於一九六〇年十一月完成了紅旗渠第一期工程，这是林、平两县人民友誼的結晶，是劳动人民征服自然的巨大胜利。为了保护两县人民共同的利益，关於施工期間挖压佔用的山坡、土地、房屋、树木和今后渠道的保护、管理、使用等問題，林、平两县於一九六二年1月十五日在山西省平順县石城、王家庄公社召开了双方代表会议，到会代表本着有利团結、有利发展生产出发，共同协商以下协议：

第一，根据国家建設征用土地办法第七条規定，征用土地的补償費，以最近两年至四年的定产量的总值为标准，对佔用平順县人民群众的土地、山坡、房屋、树木等一切财产，林县於一九六一年五月十日全部作价賠款三十六万四千五百六十七元，现已經賠償平順县石城、王家庄公社群众款十五万元。签字以后，将二十一万四千五百六十七元，在二年内分期全部如数賠償。具体是：

1、佔用土地、山坡折款五万四千四百六十三元。

2、花椒树五千九百九十九棵，每年收入折款二万〇八百三十元，按

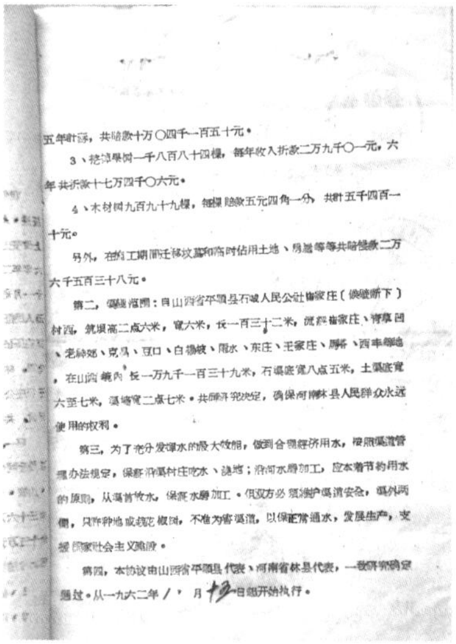

五年計算，共賠款十万〇四千一百五十元。

3、核桃果树一千八百八十四棵，每年收入折款二万九千〇一元，六年共折款十七万四千〇六元。

4、木材树九百九十九棵，每棵賠款五元四角一分，共計五千四百一十元。

另外，在施工期間迁移坟墓和临时佔用土地、房屋等等共賠償款二万六千五百三十八元。

第二，渠線范围：自山西省平順县石城人民公社侯家庄（侯壁断下）村西，筑坝高二点六米，宽六米，長一百三十二米，流經侯家庄、青草凹、老神好、克昌、豆口、白杨坡、南水、东庄、王家庄、烟岭、西丰峪岭，在山西境内長一万九千一百三十九米，石渠底宽八点五米，土渠底宽六至七米，渠墙宽二点七米。共同研究决定，确保河南林县人民群众永远使用的权利。

第三，为了充分发揮水的最大效能，做到合理經济用水，按照渠道管理办法規定，保証沿渠村庄吃水、澆地；沿河水磨加工，应本着节约用水的原则，从渠首放水，保証水磨加工。但双方必须維护渠道安全，渠外两側，只許种地或栽花椒树，不准为害渠道，以保証正常通水，发展生产，支援国家社会主义建設。

第四，本协议由山西省平順县代表、河南省林县代表，一致研究确定通过。从一九六二年1月十五日起开始执行。

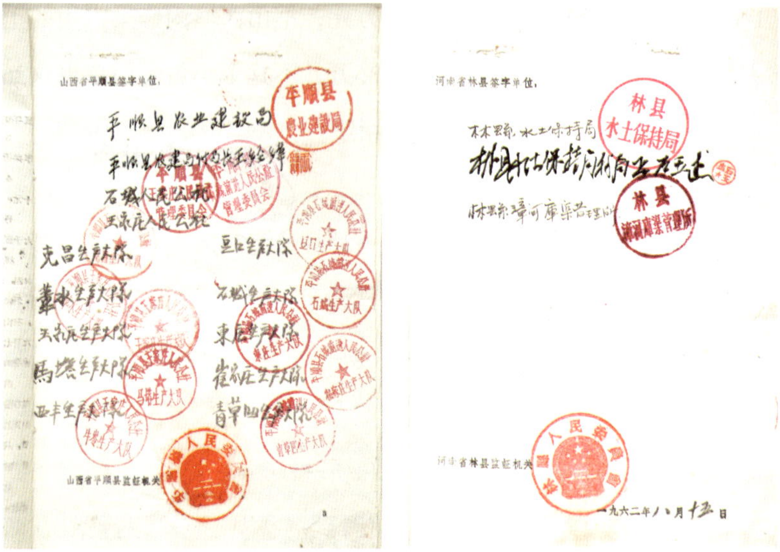

《林县、平顺两县双方商讨确定红旗渠工程使用权的协议书》（拍摄/周锐常）

只要农民的损失得到补偿，便可保证红旗渠长久无虞。

而这，恰恰是保证红旗渠平稳运行几十年至关重要的一点。

人人都看重机遇，可是机遇却不会随随便便委身于你。都说机遇只青睐那些有准备的大脑，我还是觉得，机遇更多是留给干事人的。你多一分担当，多一分执着，多一分宽容，多一分善良，可能就多了一份机遇。

俗话说“时来天地皆同力”。它不仅是说在内力和外力契合的那个点上，你尽可以凌空蹈步，运斤成风，扯来一片云朵就是一场及时雨。而且特别提醒你，机遇是有时间性的，它不可能永远和你肩并肩地站在一起。抓住了，百二秦关终属楚；失去了，落花流水势难收。

不要以为你错过的仅仅是日出，错过了日出，你就可能错过星辰大海。

第三章 太行太行

红旗渠不是建筑在沙滩上的大厦，听一听林县的老百姓怎么说，我们就会知道，这是老百姓用心在太行山石上錾出来的丰碑。

“但得流水村前过，我敢砸碎崖头闹翻天！”

“到山西去，把漳河水硬给它赶过来。”

“顶着困难上，越上胆越强，越上气越壮。”

“修渠就得劈山，劈山得有钢筋铁骨铜齿钢牙，就得横下心来干，一副软架子，打啥硬石头？”

这是林县人民的洪荒之吼！

1.浑身长满了故事

太行山，犹如一张巨大的弯弓，横亘在中华大地的胸膛之上。

敞开胸襟，它的东侧，是广袤无垠的华北平原，天高地阔，沃野千里，将浩荡与秀丽兼收并蓄地集于一身。它的西侧，是深厚无比的黄土高原，赤裸着古铜色的身躯，高天流云，长河落日，嘶吼的秦腔是它荡气回肠的生命交响。若论其高，它不如昆仑，若论其险，它不及五岳，若论其奇，它不过黄山，若论其秀，它不抵峨眉，然而，若论人文的厚重深远旷眇无极，这些名山加在一起也远不及它。

华北平原和黄土高原，是中华民族的发祥地，也是汉文化最早诞生和播散的地方。北京猿人，山顶洞人，仰韶文化，龙山文化，殷墟文化，河书洛图，三皇五帝，以及《周易》《老子》《庄子》《齐民要术》等中华民族的文化瑰宝，皆生于斯成于斯光大于斯。于我个人而言，最为看重的，还是使天雨粟、鬼夜哭的仓颉造字，它是中华天际的第一道闪电，从此化民成俗，万里同风，照亮了中华民族的文明进程。可以这样说，华北平原和黄土高原是中华文化根之所系，命之所维，而太行山，则是兀然耸立在华北平原和黄土高原中间的脊梁，由是之故，太行山无意之中便浑身长满了故事，成了一座披阅无尽的文化大山，它身上辐射出的文化光波，与华北平原和黄土高原一起，穿越时空，形成了中华民族的精神质地，历千万祀，与天壤而共久，与三光而同光。

在中国古代的神话传说中，盘古开天辟地、精卫填海、愚公移山、后羿射日、女娲补天、神农尝百草——这些中国人耳熟能详的故事，都与太行山有关。以娇小玲珑之身，衔碎石填东海，这是何等的不屈与倔强；虽我之死，子子孙孙无穷匮也，又是何等的雄心万丈，坚韧不拔。盘古、后羿、女娲、神农，从不同侧面为后人树立了大道之行，舍我其谁，慨然献身的榜样。文艺启蒙之后的西方哲学家们，经常有关于终极性的诘问，其实，在女娲、后羿、神农的身体力行中，已经对终极性作出了明确的回答——这就是舍小我为大我，舍小家为大家——这是贯穿中华民族人伦大爱的一条红线，从远古飞扬至今，构成了千百年来规范世人价值判断的基础和培养天地浩然正气的精神守则。

神话，虽然是天宇似明未明时先人的初心，然而它却深深地植入一个民族体内，成为一个民族的文化基因和血脉之源。

龙，是汉文化的核心概念，亦是中华民族的图腾。

龙，就是江河湖海山川大地，就是风调雨顺五谷丰登，就是生生不息奋发图强，就是阴阳交合兼容并包，就是宁死不屈壮怀激烈，就是昆仑肝胆家国情怀。一句话，龙是中华民族的精魂。

中华大地，因龙而九死不悔，因龙而气贯长虹，因龙而聚沙成塔，因龙而万众一心。而龙的故乡，就在河南。站在太行山放眼东望，我们第一眼便看到了河南——黄河之南——两千五百年前，夏朝在这里建立——绵延不绝的人文景观——活字印刷、造纸、火药、龙门石窟、嵩阳书院、《说文解字》、白马寺、少林寺……

一部河南的历史，就是半部中华文化史。

是的，河南的风里，都透露着中国历史文化的信息。

而文化的最大特点，就在于它的赓续传承。

文化是什么？它就是人的举手投足，一颦一笑，是人的气质，品格，是非判断，价值理念。人文化育，以成天下，一旦正大文化溶入你的血脉，它就会成为一种力量，一种观照，一种境界，一种释然，驱动你在历史设定的疆土上一路流连，一路奔走。

有人说，中国革命是与山连在一起的——井冈山、宝塔山、沂蒙山、大别山，当然，更不能或缺了太行山。平型关大捷，是太行山为抗日战争祭出的第一份大礼，由此拉开了共产党领导的人民武装抗击日寇的大幕。西柏坡——太行山脚下的一个小村庄，不经意间成为中国革命最后一个农村指挥部。14年抗战，太行山东西两侧，是抗日游击战的主战场。129师总部就在太行山，左权将军也牺牲在太行山，子弟兵的母亲戎冠秀，太行山奶娘王改云，送完丈夫又送弟弟参军的马秀莲——人民军队依托太行山老区人民浴血奋战发展壮大由弱转强，亿万人民群众为支援革命毁家纾难义薄云天浴血山乡——母亲送儿上战场，妻送丈夫打东洋……

无数燃烧着革命先烈热血的壮举，像铺满天际的亮星，在太行山上升起，光耀中华大地。

八百里太行，革命为你注入了强大的红色基因。

太行八百里，洒下一路热血，一路花红，一路歌哭。

“最后一碗米送去作军粮，最后一尺布送去作军装，最后一床老棉被盖在担架上，最后的亲儿郎，送去上战场”……每听这首歌，我都会鼻子发酸喉头发热……

什么是世道人心，什么是水乳交融，什么是人民战争——这就是！

人民，你就是厚土，你就是太行！

山有山的刚硬，山有山的柔肠！

太行山，一座文化的大山，英雄的大山！

进入20世纪60年代，又一曲浸润着深厚历史文化和注满了红色革命基因的英雄赞歌在这里唱响。

2.劈开太行山

劈开太行山

漳河穿山来……

曲调悠长，歌词铿锵——

好一个“劈”字，形象地把林县人民抡锤打钎奋力开山的身影传神地表达出来。

简直就是神来之笔！

莫泊桑说过，只有一个动词能够准确摹状事物的形象，若说红旗渠，非“劈”字莫属。

它让我不由得想起了李逵的大板斧。手起斧落，飒飒成风，好不痛快。但林县人民却没有这般快意，一锤下去，钢钎被弹起，山石上仅留下一个白点，再一锤下去，再一锤下去，二三十锤下去，凿出的仅是一个深不及寸的小坑。林县人民面对的，是自然界最坚硬的岩石。

险峻的陡壁（拍摄/魏德忠）

我们先来看一下太行山的地质构造。

今天高高耸立的太行山，远古时是一片汪洋大海，沉积了巨厚的石英岩和含铁硅质岩。随着燕山造山运动，海水逐渐退去，太行山开始隆起。由于太行山绵延400多公里，呈现出多重地质构形，既有硬度较软的岩石，也有极其坚硬的岩石。林县境内的太行山，以石英岩为主。石英岩是指石英含量在85%以上的岩石，它是由石英砂或硅质砂经高温高压而成，其硬度与花岗岩不相上下。

再来看一下开山的工具。

钢钎、铁锤、大筐、炸药，这就是红旗渠开山的全套“行头”。

原始吗？

你说呢？

钢钎铁锤，大致出现在春秋战国时期，而我们到20世纪60年代还在使用这种原始工具，真有一种时光停滞的感觉。这还不算，开始修筑红旗渠使用的钢钎，由于碳含量太高，非常容易折断，大锤抡不了几下，钢钎折了，不仅影响工程进度，更影响士气。后来从军队仓库里找来了一批抗美援朝挖坑道剩下的钢钎，由于数量有限，他们把钢钎截成几段，上边焊上原来的钢钎，才使得劈山继续下去。

开山离不开炸药，那个年代，炸药属于计划产品，没被列入国家计划，一斤炸药也休想弄来，除非你有其他的门路。在《红旗渠日志》里，我看到了这样的记载：1960年3月3日，在卢家拐建成了第一家炸药厂，利用硝石、木炭等材料，制作出了第一批炸药56斤。3月5日，用自制的炸药一炮崩石2430立方米，创造了红旗渠建设的一个奇迹。后来，部队陆续支援林县一些炸药，红旗渠列入国家计划后，从正规渠道又供应了一些炸药。这是后话了。

用最原始的工具——钢钎铁锤，劈开坚硬似铁的太行山石，这是怎样的一种较量？

简直就是用血肉之躯与魔鬼厮打。

用微弱的光去照亮大片原野。

八磅的大锤抡圆了，该是怎样的体力呀。况且一天要抡几千下，何况不是一天，而是一个月，两个月，半年，一年……

抡锤打钎的不光是男子汉，还有许多铁姑娘。同样八磅的大锤，同样三人一组，一人扶双钎，两人抡大锤……

有人说开凿红旗渠，用秃了9000多根钢钎，也有人说用了30000多根

铁锤钢钎劈开坚硬似铁的太行山石（翻拍自红旗渠纪念馆）

钢钎——不管用了多少，钢钎已经将它滚烫的身躯融化在了巍巍太行山中，每一根钢钎，都是一支射向天际的响箭，带着血水和汗水去和朝阳汇合。

劈开太行山，我们即是用手去劈，用力去劈，用钢钎去劈，用铁锤去劈，更是用意志去劈，用精神去劈，用集体力量去劈，用万众一心去劈，一句话，用社会主义制度的优越性去劈！

无疑，我们胜利了！

然而，胜利来得太不易了。无数难以想象的苦我们咽下了，无数无法克服的难我们克服了，流的血，受的伤，残的臂，折的腰，我们都认了，最让我们心痛不已的是，81位农民兄弟永远倒在了工地上。

他们都是我们的年轻兄弟啊！

山风轻轻吹，太行高巍巍，无言诉说着心中默默流淌的泪……

站在太行山上，我真想扯开嗓子大声说：

太行山我们都能劈开，这个世界上，还有什么事情能难住我们！

红旗渠建设工程，林县人民共烧制石灰近15万吨，占石灰用量的100%，自制水泥5170吨，占水泥用量的77%，自制炸药1215吨，占炸药总量的45%，编抬筐3万多个，水桶18900多个，制造各种工具117万件。

红旗渠建设总投工37万多人，约占当时林县人口近70%，总干渠长70余公里，干渠、支渠和斗渠总长1520公里，削平山头1250个，打通了211个隧道，挖土石方1515.82万立方米，相当于从哈尔滨到北京再到广州修筑一道高2米，宽2米的“万里长城”。

这一串串数字，都是为劈开太行山才来到这个世上的。

有人说数字是冰冷的，不对，这里的每一组数字，都带着体温，都是一串跃动的火苗……

温暖当下……

照亮未来……

3.林红村　清凉宫　5000张炕席

一大早，山西平顺县侯壁村老崔家11岁的栓柱慌慌张张地跑进院子，大声喊着：

“娘——不好了！”

娘忙问，“咋了？”

“前面冒出来一个村子。”

娘走出院子探望，只见五六百米处，各式各样的帐篷，还有用木棍支起的窝棚，足足有几十间。

怎么回事呢?

终于打听明白了，这是林县修渠民工的住地。民工谑称——林红村——林县红旗渠民工村。

事情还得从头说起。1960年2月10日，林县县委召开两级干部大会，决定立即上马红旗渠一期工程。一期工程70余公里，其中21公里在山西平顺县境内。

一声号令，37000余人浩浩荡荡地开赴红旗渠工地，其中10000余人来到了山西平顺县境内。一时间，平静的平顺山乡，人声鼎沸，尘土飞扬……

平顺县委书记紧急地给杨贵打电话：“老杨吗？你是不是疯了，你一下子上来10000多人，让我上哪儿去给你号房子啊。”

“老伙计，别紧张，你能给我号多少房子？”

“砸碎我这把老骨头，最多能号400间。”

“400间就400间，其他我们自己想办法。”

随之出现了上面说的一幕。

二月的平顺县，太阳出来，还不算太冷，晚上，西北风嗖嗖刮得紧，身上的每一根毛孔都在吸进凉气。所谓帐篷，大风一来就能掀翻，窝棚就更别提了，几根木棍一支起，苫上点草，将就着住吧。说句难听的话，连牛棚都不如。躺在薄薄的一层草上，穿着棉衣经常半夜被冻醒。这还不算，有的生产队男女混住在一起，只好找一对夫妻，丈夫这边睡男的，媳妇那边睡女的，民工们自己开玩笑称这是刀枪不入连。

冬天难过，夏天比冬天更难熬。野外的蚊子，狠着呢，小羊被叮得满地打滚，叮在人身上，一叮一个大包，一挠就烂。民工晚上睡觉，得用衣服把身体裹紧。三伏天的山西，像蒸笼一样，裹着衣服睡觉，你想想那是啥滋味。

下雨天，外面下大雨，帐篷下小雨，有的人干脆把行李卷起来抱在怀里，把头埋在行李里打盹。有一天，半夜下起了暴雨，一个小伙儿起夜，一摸怎么到处都是水，大伙儿被叫起来一看，所有人的被褥都泡在水里。第二天，满山坡晒满了五颜六色的被褥，倒也煞是好看，像一面面万国旗。

有一个女社员实在撑不住了，半夜跑到帐篷外呜呜大哭，妇女主任将她搂在怀里，陪她一直坐到天明。

蒋捷有词云："少年听雨歌楼上……点滴到天明"虽有些凄切，却满是悠然闲适生活的影子。而我们面前的这个小姑娘，刚过完17岁生日，她还是个孩子啊……

我的心被重重地戳了一下，陡然增加了对红旗渠的感动。

红旗渠，你的伟岸里，有太多的奉献与付出，太多的坚守与忍受！

一位姓王的老者，讲述了他当年的一段经历。

那是红旗渠开工的日子。走一天了，看着下坠的日头，他问：

"队长，在哪儿扎窝？"

"前边，清凉宫。"

哦。清凉宫？住庙里也行。老王心里想。

“别啰唆，跟上。”队长催促道。

越走大山越深，越走山风越硬。队长停住了脚步，往四周瞧了瞧，喊了一声：“到了，大家随便找地方住吧。”

我的天呀！哪里有庙，除了几个山洞，全是岩石

唉，这哪里是清凉宫，连寒窖都不如。

老王的心那个凉啊。

没办法，既然来了，先住下吧。

说是山洞，其实很浅，人钻进去，脚却露在外面。2月天，睡觉得把棉帽子戴在头上，把棉鞋穿在脚上，好多人被冻感冒了。

我问老王：“后来呢？”

“后来天渐渐地暖和了，也就习惯了。”“唉，人哪，没有过不去的火焰山，也没有过不去的冰水河。”老王把头微微仰起，眼睛瞄了一下天花板，像是在自言自语。

杨贵从省里开会回来，急急忙忙地赶到工地上。

他没听汇报，一头钻进了工棚。伸手摸一把被褥，湿漉漉的，掀起来一看，怎么连张炕席也没有？杨贵的心立马沉了下来。

“不是通知你们了吗，到指挥部去领啊。”

“我们去领了，供销社送来的席子不够，都被别的公社领走了。没事，咋着都能过。”

“不中，天这么冷，总得有张席子隔隔潮吧。”

供销社的电话响了。杨贵劈头就问：“炕席怎么还不送来？”

电话里迟疑了一下：“杨书记，席子已经送去了呀。”

“把你们仓库里的存货全部给我送上来。”

“杨书记，仓库里一张席也没有了。”

看上去杨贵是真急了。“给我接通县委办公室的电话。”

“丁主任，你马上以县委的名义发一个通知，号召全县往工地上捐席子。”

“杨书记，每家是不是可以留一张席子？”丁主任试探着问道。

“是你们热炕头需要，还是工地的民工更需要？先从我们家开始捐。”

第二天傍晚，5000张炕席陆续运抵工地。

能够想象，民工铺上这席子，心里咋想……

4.洞中岁月

1996年6月1日，时任中共中央总书记江泽民来到红旗渠。

听完讲解员实地介绍青年洞开凿过程后，他挥动着手臂激动地对大家说：“我们都不要忘记山中岁月，洞中岁月，不要忘记那些修渠的人！”

红旗渠总干渠进入林县境内，一座凌空陡峙的悬崖峭壁横在了红旗渠前行的路上。红旗渠若想通过，必须凿出一个600多米的山洞，可在这连立锥之地都没有的悬崖上，山洞可怎么凿啊。

工程指挥部决定，从工地上抽调300名精壮青年，组成突击队，开山凿洞。

为加快工程进度，300名青年分成两部分，从南北两个方向同时掘进。

首先碰到的难题，是要有一块能站住脚的工作面。这就要从山顶放下一根绳子，将人吊到半空中，一人撑钎，一人抡锤，待凿出掌子面后，大队人马再跟进作业。今天我们就不说这有多难了，单凭想象你就能想到，人吊在晃动的绳子上，将大锤对准钢钎砸下去，怎么能砸得准，又怎么能用上力？

先不说有多危险了，下面就是万丈深渊。

这里说一个简单的数字吧，凿出一个人能站住脚的掌子面，至少需要两个人空中作业三天。所以能想象到难度有多大了吧。

我们来看一下岩石的硬度。施工开始时，突击队从洛阳矿山机械厂借来了一台风钻机，这台风钻机钻进去30多厘米，竟毁坏了近40个钻头。上哪儿去弄那么多钻头？施工又回到钢钎铁锤上来。准确地说，600多米的山洞，就是用一钎一锤硬凿出来的。

工程一寸一寸地推进。开始时由于作业面太矮，只能单腿跪在地上一锤一锤地凿。膝盖红肿了，麻木了，失去了知觉，站起来稍微活动一下，很快又俯身跪下去，接着一锤又一锤……在林县，我听说参与施工的许多人后来都留下了严重的风湿症、关节炎。我的心又一次被抽动，青年洞，你是300壮士拿青春热血换来的呀！

有一位姓程的民工患了感冒，早晨起来鼻涕一把泪一把，工友劝他休息，他说两个人的活让一个人干，那怎么行？他一口气抡锤300多下，硬是用“飙汗法”，把感冒压了回去。这样的事情在青年洞，在许多人身上都发生过。感冒发烧，咬咬牙就挺过去了，没有人为这歇工。这在今天听来似乎有些不可思议，不够科学，但世界上的事情往往就是这样，并不是只有科学一把尺子，还有精神和意志。

他们的心里，全被早日完工占满了——那是他们全部的梦。

洞中岁月，不是三天五日甚至十天八天，也不是三十天五十天，而是一年零五个月——500多天啊。500多天连轴转，夜以继日，不眠不休。劳动者手上的茧子脱了一层又一层，手上的口子裂开有一寸长，经常血肉模糊，钻心地痛——这不算什么，都是微不足道的小事。许多人干脆吃住在洞里，这样能省去上山下山的时间。我在前面说过，以血肉之躯与太行山岩较量，无疑是与魔鬼厮杀。在青年洞，白天不见太阳，夜晚不见星星，500多天他们与山岩、钢钎、铁锤、炸药打交道，连一丝丝山风都听不到，呼吸里全是石粉和炸药的味道，而且危险就在身边，一位队长排爆时不幸牺牲，这就不是与魔鬼厮杀，简直就是在虎口拔牙！

600多米的山洞，就是一钎一锤硬凿出来的（拍摄/魏德忠）

没有钢铁意志，休想！

我曾想，换成我，500多个日夜，能坚持下来吗？

我不敢想象，我怀疑自己。

这里有两件事情要交代一下。

一是青年洞施工全面铺开时，恰逢国民经济出现前所未有的困难，许多地方粮食严重短缺，出现了非正常人员死亡。中共中央下发通知：基本建设项目全线下马，实行“百日休整”。

随后，国务院、省委、地委连续下发文件，严令各地基建工程立即停工。

面对这种严峻的形势怎么办？林县县委估计，所谓“百日休整”，恐怕绝非百日能够结束，也可能半年、一年甚至更长时间。如果到那时红旗渠再复工，工程何时才能竣工？群众的热情还能不能调动起来？林县县委决定：青年洞继续施工，其他工程全部停止。

为什么青年洞继续施工？一是青年洞是红旗渠的咽喉工程，青年洞如果卡住了，红旗渠后续工程也就没戏了。

二是青年洞工程量巨大，难度也最大，不是短时间内能啃下来的硬骨头。当时估计，用一年左右的时间打通青年洞，等到中央决定恢复基建时，就可以和红旗渠整个工程衔接起来，保证红旗渠按时竣工。

后来的实践证明，林县县委的决定是正确的。青年洞凿通之日，正是红旗渠工程重新开始之时。

由于留下了青年洞这颗火种，林县人民的修渠梦一刻也未曾淡漠。

二是如何让奋战在青年洞的社员填饱肚子。俗话说：人是铁饭是钢，一顿不吃饿得慌。1960年，由于全国性饥荒，人均粮食定量降到了最低。

青年洞突击队里，人人都想奋勇争先，可是身上没劲儿呀。县委见状立即决定，给突击队员每人每天增加一斤粮食，还有黑豆、蔬菜。这些粮食，是林县从自己4000万斤储备粮中调拨的。当时，全国绝大多数地方严重缺粮，林县为什么罕见地有这么多储备粮呢？这主要是最近两年林县顶住压力，如实上报粮食产量，县领导冒着丢乌纱帽的风险保存下来的。这一点，后面还会谈到。应该说，这一斤粮食弥足珍贵，如果没有这一斤粮食，青年洞能否继续开凿下去，恐怕还要打一个大大的问号了。

尽管不能完全保证增加这一斤粮食，让每个人都能绝对吃饱，但它让青年勇士们感受到，他们的身后，有党，有林县50余万人民在时刻关注和支持着他们。他们虽然身在洞中，但他们并不是孤军奋战！

1961年7月15日，青年洞全线贯通。

为了纪念300壮士500多天的洞中岁月，红旗渠工程指挥部决定，将这段长616米，宽6.2米，高5米的隧洞命名为“青年洞”。

青年洞水渠掠影（拍摄/李俊生）

滔滔漳河水，你带着林县人民的热盼而来，带着太行山的款款深情而来。你见证了林县人民的刚毅、倔强、永不言败、不屈不挠甚至前赴后继地流血牺牲。在你的一渠清流中，我看见的不是你的婀娜，你的娇媚，甚至不是你拥抱林县大地时的欢歌雀跃，而是“但愿苍生俱饱暖，不辞辛苦出深山”的一腔志士情怀。

青年洞的300名壮士，为了苍生饱暖，为了父老乡亲，为了晚生后辈永远甩掉缺水的帽子，你们一年零五个月的洞中苦斗，终于让睥睨万世的太行山低下了头。

青年洞的300名壮士们，你们凿开的不仅仅是一个山洞，你们把一种精神，一种品格，更准确地说，把一个时代，镌刻在了太行山上。

你们的死磕硬拼，值了！

5.血染鸻鹉崖

鸻鹉崖，一座刀削斧劈的悬崖。

鸻鹉，当地人眼中高飞远翔的猛禽，用它来冠山名，足见山之高耸，势之险峻。

站在它的山脚仰望山顶，人们常调侃，小心仰断了你的脖子。

光秃秃的山岩，被亿万年灼热的光，尖厉的风，倾泻的雨，冰冷的霜打磨得通体乌黑，用铁锤轻轻地一敲，便会发出金属般的声音。

再仰望一会儿，便有大山压下来的感觉——惊出你一身冷汗。

红旗渠的渠线，就在这半山腰处。

上不着天，下不着地。如何在这陡峭的悬崖中间开凿出一条长3000米，宽8米，深4.5米的渠道，工程指挥部将这艰险的任务交给了城关公社。

按照工程设计，需要从山顶凿出39个20米深的垂直炮眼，俗称老炮洞，再从半山腰处凿出一排横向的炮眼，然后分成4层，一层一层地揭掉鸻鹉崖的“天灵盖”，等到把“天灵盖”全部掀掉，红旗渠道才初步显现出来了。

日子是在挥汗如雨，你追我赶中度过的。山风拽着“号子”，锤声伴着歌声，悬崖上写满了“下定决心，不怕牺牲，排除万难，去争取胜利”……

红旗在工地上猎猎飘扬。

每天的太阳都是新的。

民工的热情好像开闸的洪水，一泻而下，每天都在刷新着劳动记录。

5月10日，一轮又大又圆的太阳刚刚跃出大山，蒸腾起大地上一阵阵的热浪。1960年的夏天来得早，刚刚进入5月，天气便燥热起来，吝啬的风也不知躲到哪儿去了，黏糊糊的空气凝在那里，这时候要是来一场雨，那该多爽啊。

东街村的杨黑丑下到4米深的老炮洞中，点了一个小炮，待他回到地面，小炮响了。

“唉，这炮劲儿还不小，”同村的张文德对苏福财说，“我先下去清理清理。”说罢，便拽过绳子下到洞底。

过了五六分钟，苏福财朝洞里喊：“文德，怎么样了？”

没有回声。

苏福财又大喊了两声，仍旧没有回声。

苏福财冲杨黑丑说了声不好，抓过绳子顺到洞底。

杨黑丑趴在洞口不停地呼喊，开始还有苏福财的回声，一会儿苏福财的声音也断了。

杨黑丑急出一头冷汗，一个翻身下到洞里。

四周的人全围了过来。

这时，一个后生又拽住了绳子准备下洞，一位老社员一把将他抱住。

“谁也不准下，谁下谁死。”

牺牲的原因查明了。小炮吸干了洞内的氧气，人下到洞里，因缺氧窒息而亡。

三条年轻的生命，还没来得及充分绽放，便定格在朝阳初升的辉光里。

我想郑重记下他们的姓名和年龄。

张文德，22岁。

杨黑丑，23岁。

苏福财，24岁。

更大的危险正在逼近。

6月12日天刚放亮，大雾便满山满谷地涌来，自2月11日开工以来，还没见过这么大的雾。吃过早饭，大雾变成了细雨，偌大的太行山，都被这细密的雨雾紧紧包裹着。

“今个儿咱们还上工吗？”连长问大伙。

“咋能不上呢。”

“这点雨算个球。”

也有人正话反说：“这雨也太大了，砸死个人哦。”说完，冲大伙儿做了个鬼脸。

“莫瞎说。”

“不说了不说了。”

大伙儿一阵哄笑。

一天的劳动就在这哄笑中开始了。

鸻鹉崖，一直与修渠大军较着劲儿，隔三岔五就要耍耍脾气，抖抖威风。这一阵子被修理得差不多了，表面上看低眉顺目，其实内心里，正在琢磨着坑人的歪点子呢。

上午9点多钟，人们正干在兴头上，竞赛的呐喊声此起彼伏。忽听见山岩出现了咔咔的响声。安全员抬头一看，几块巨大的岩石松动了。

“塌方了，大伙快闪开！”

急促的哨声在工地上骤然响起。

松动的岩石魔鬼般狂笑着，张牙舞爪地滚落下来。瞬间，十几名民工被埋在岩石下。

鲜血染红了岩石……

九名民工牺牲，三名民工重伤。

阳光不再灿烂，山风也变得狰狞。

红旗渠，你一路洒着汗流着血歌哭着走来。一步一泣血，步步惊心！

毛泽东在追悼张思德时说：要奋斗就会有牺牲……死人的事是经常发

生的，为人民的利益而死，就比泰山还重。倒在鸻鹉崖下的农民兄弟，你们把宝贵的生命留在了太行山上。长天为你们注目，太行是你们的琴弦，弹奏一曲英雄赞歌吧！大地春常在，你们的身躯已经幻化成了山里的风，太行的雾，满坡的鲜花，天边的彩虹……

站在鸻鹉崖下，落日余晖洒在山崖上，泛着金光。尽管已是深秋，我却感到浑身被暖阳包围着，我在用心谛听着历史的回响。

我仿佛看见，山崖上写着两行醒目的大字：

要奋斗就会有牺牲！

幸福是奋斗出来的！

是的，幸福是奋斗出来的。

揩干身上的血，擦干眼中的泪，我们还要继续前行。

鸻鹉崖大塌方没有吓倒林县人民，反倒使红旗渠工程指挥部找到了问题的关节点，若想保证民工安全，必须把可能松动的岩石全部敲下来。随后，一支凌空除险队产生了。队长任羊成带领十余名除险队员，与太行山展开了一场以命相抵的肉搏战。

具体过程后面会展开。这里我只想说，这是一次生命的冲锋，人的潜能，人的意志，人的勇气，人的卓越和崇高，在这里袒露无余。

工程还得继续，工程必须继续！

红旗渠工程指挥部党委经过研究，决定让城关公社撤出工地，同时从红旗渠工地抽调5000名精兵强将，组成15支突击队，大战鸻鹉崖。

更大规模的突击竞赛在鸻鹉崖工地叫响。

腰系绳索凌空点炮（拍摄/魏德忠）

终于，鸻鹉崖服软了，低头了，彻底认输了！

可以告慰后人的是，经过50天大会战，鸻鹉崖段胜利竣工。经工程验收，质量绝对上乘。

2016年，耄耋之年的老书记杨贵，回忆起这段往事，仍掩饰不住内心的感动——“林县人民好啊！”

是的！林县人民好啊！

6.红旗渠的由来

开始的时候，红旗渠叫引漳入林工程。1960年2月9日成立引漳入林总指挥部。2月10日召开林县人民引漳入林誓师大会，发出引漳入林动员令。

引漳入林工程，怎么就改叫红旗渠了呢？

事情得从这里说起。

1960年3月初，杨贵在省城开完四级干部会议回到林县后，马不停蹄地往渠上赶。他和周绍先（工程总指挥）、吴祖太（工程技术股副股长）用了3天时间，徒步从坟头岭走到了渠首。

走进工棚，和民工唠唠家常，杨贵才觉得心里踏实。和民工喝一锅粥，他说这粥很香。晚上睡在一起，一会儿他就进入了梦乡。

他说眼见为实。这个实不仅是实情，更是实话。

人们都对你讲实话，工作就不会跑偏——这是杨贵的信条。

杨贵一路听着、看着、议论着、思考着。

他用脚丈量的大地最真实。

他将了解到的大量情况做了归纳。成绩先不说，问题有以下几个方面。

战线拉得太长，关键部位进展缓慢。

技术力量不足，导致施工中的许多技术问题无法及时解决。比如挖错了渠线，炸塌了渠底。

民工看不懂图纸，满山遍野放炮。既浪费人力物力，也留下工程隐患。

思想工作跟不上，对一些流言蜚语听之任之。

杨贵建议，立即召开一次会议，抓紧解决施工中出现的问题。

1960年3月6日至7日，中共林县引漳入林工程委员会在任村公社盘阳

盘阳会议解决了工程中存在的重点问题。同时决定将“引漳入林”工程更名为红旗渠（翻拍自红旗渠纪念馆）

村召开了全体（扩大）会议。会议决定收缩战线，将分散在70余公里上的近4万人马，集中到山西平顺县境内的19.1公里渠段上，集中力量打“歼灭战”。

这就是被后来称为“战略转折点”的盘阳会议。这次会议不仅解决了工程中存在的一系列重点问题，还提出了一项具有历史意义的动议——将引漳入林工程更名为“红旗渠”。

3月10日，首届引漳入林工程全体人员代表大会召开，182名代表通过决议，将引漳入林工程正式命名为“红旗渠”。

这个动议的首倡者是杨贵。

这是一个极具政治智慧的提议——它不仅简洁明了，好记上口，更因为红旗本身所具有的深刻内涵，使它一下子便走进国人的心里，与中国人内心的情感亲密无间地融会在一起。

红旗是什么？它是革命，解放，胜利！它是战无不胜，无坚不摧，所向披靡。你看党旗、国旗、军旗，全都是红旗。所有的庆祝大会，人们高举的也是红旗，就连工地技术人员指挥用的也是小红旗。

红旗在中国人的心目中分量极重。天亮前江姐和难友们在狱中绣红旗的画面，让无数国人泪洒衣襟，深深镌刻在国人的心里。

红旗还是身份证、通行证。在革命年代，只要从怀里掏出红旗，唱起国际歌，不管何种肤色，不管语言是否相通，双手都会紧紧地握在一起。

今天，红旗已经成为中国人心目中的图腾。

我一直在想，如果红旗渠还叫引漳入林工程，它还会像今天这样被国人，甚至世界上的许多人知晓吗？

我不知道。

但我内心固执地认为，应该不会。

在红旗渠修建之前和之后，也有许多水利工程，有些工程无论规模还是投资，比红旗渠要大出许许多多倍，但都没有红旗渠出名。除了红旗渠修建过程中培育出了伟大的红旗渠精神，是否也与它的名称有关呢？

我不敢肯定。

我能肯定的是，红旗渠确实是一个好名字，是一个看一眼便钻进你心里，叫你永远也忘不了的名字。

第四章

铁打的秤砣看准星

你如果被一项事业所吸引，而且如醉如痴，倾心以予，你一定是看到喷薄欲出的朝阳射出五彩的光，不仅暖了天际，还牵引你看到了远方辽阔的海，大草原上似白云般飘动的羊群，牧歌声声和一路花雨。

捧一把家乡的泥土放在胸口，你会情不自禁地落下泪来，这就是你的情怀，对家乡的爱，已经丝丝入扣地融入了你的血脉，一提到家乡，你会认为，这是天底下最好的地方，你愿意为它奉献一切。

1.为官避事平生耻

杨贵小时候喜欢听戏。戏里有两句唱词他记住了，印在了心里。

“为官避事平生耻，邑有流亡愧俸钱。”

其实，这两句唱词出自古诗，还不是一个人写的。第一句作者是元好问，第二句作者是韦应物。

这两个人都是身居庙堂，心忧天下者。元好问一生命运多舛，仍念念于为官执事，盼望着为天下苍生尽力尽心，干一番事业。韦应物一生几起几落，只要给他机会，他便像一块烧红的铁块，任其锻打，也要出落成锋锐的犁铧，以耕耘桑梓，造福一方百姓。

他们心里，充满抱负和担当。

避事的反义词是担当，有多大的担当干多大事业！

担当，是中国传统文化的一个重要概念。“当官不为民做主，不如回家卖红薯”“食其食者，不避其难”“士不可以不弘毅，任重而道远。仁以为己任，不亦重乎？不亦远乎。”说的都是担当。只有敢于担当，勇于担当，善于担当，才能“进不求名，退不避罪”才能“亦余心之所善者，虽九死其犹未悔”。

杨贵常说，我们共产党的干部，难道还不如古代的官员？

说这话时，他心里满满的自信。

担当意味着你要干事，多干事，干成事。

自从杨贵来到林县后，脑袋想的，心里盘算的，全是怎么把林县的工作搞上去。

新中国了，工业、农业、医疗、教育、商贸、交通都要有大发展，不抓不行啊。

在林县县委一班人心里，分量最重的，还是水利。

所以，在林县大地上先后建成了淇河渠、天桥段渠、露水河渠、英雄渠，要子街水库、弓上水库、南谷洞水库……

今天，几乎所有人来到红旗渠，第一个感觉就是无以名状的震撼，然后是发自内心的感动。但你可能不知道，为了修红旗渠，杨贵他们，遭遇多少困难，担了多大的风险。

曾有人问杨贵："红旗渠不干行不行？"

"没啥不行的。"

"为啥非要干呢？"

"唉！见不得老百姓没水吃。"

红旗渠开工不久，河南省委书记处书记杨蔚屏来工地视察，忧心忡忡地问杨贵：

"你们测量得怎么样？水究竟能不能从侯壁断流进林县？水要是流不过来，到那时你怎么办？"

没容杨贵回答，杨蔚屏继续问道："你们计算过没有，渠道最大引水量是多少？渠墙最大承受压力又有多大，一旦渠墙承受不住水的压力，坍塌了怎么办？"

尽管之前组织水利技术人员反复做了测量，杨贵还是出了一身冷汗。

“真要是水流不进林县，我就从太行山崖上跳下去。”

这话，杨贵和李运保说过，和水利局局长说过，也和他妻子说过。

当晚，杨贵将水利局局长叫到家里，让他立即组织技术人员再仔仔细细地勘测一遍。

这一夜，杨贵一宿没睡。当他一闭上眼睛，红旗渠水倒流回了浊漳河，睁开眼心脏嘭嘭嘭地跳。

这里要特别提及一件事，红旗渠自开工以来，地委、省委隔三岔五就会收到上告信。你说全是诬告吧，它还有点影儿。但这个影儿，充其量是捕风捉影。

杨贵说：“让他们告去吧，雪地里埋不住人。”

群众不干了。“把他们揪出来，让他们到太阳底下去晒一晒，看看他们到底是人还是鬼。”

一边是抛洒着血水和汗雨，一边是造谣惑众冷嘲热讽：

“红旗渠是打肿脸充胖子的面子工程。”

“古有秦始皇修长城，今有杨贵不顾群众死活修红旗渠。”

“县委背着干粮送远屎，屙了也肥不了林县的田。”

好心人劝杨贵：“你到底图个啥？”

“没啥，就是图老百姓都能喝上水呗。”杨贵还是那句话。

“咋，不修渠你这县委书记不做了？”

杨贵嘿嘿一笑，不再作声。

其实，这是苦涩的笑。多少无奈和委屈，都在这无言的笑里。

一边是干的，一边是捣乱的。

“人海阔，无日不风波”。共产党人的赤子之心，恰恰在这个时候才如天昭日月般袒露得一览无余。

干事就得担责，怕担责就不要干事！

“为官避世平生耻。”这句在杨贵心里默诵了千百遍的话，又从他心里顽强地冒出来。

“既然认准了，我们就要干到底，决不做半截子革命派。”杨贵在县委会上说。

“人生就这么几十年，如果能干成一两件大事，我们这辈子没有白活。”

杨贵一头扎进红旗渠建设工地。

杨贵在工地上（拍摄/魏德忠）

今天，我们盘点红旗渠建设过程时发现，红旗渠在每一个关键时刻，每一个险工险段，都有杨贵的身影。当历史把杨贵确立为“红旗渠举旗人”的时候，我曾以为他只是为红旗渠把把关、定定向、掌掌舵，实则不然，他是把自己实实在在地当成了红旗渠的一个建设者、劳动者，当然，他更是决策者、指挥员。

世界上的事情就是这样，你不干事，没人挑你的刺儿，说你不好。你干事了，议论的声音就来了，事业干得越大，反对的声浪也越大。

红旗渠每走一步，都有迎面风，顶头浪打来。

1961年7月，中共中央书记处书记、国务院副总理谭震林参加新乡地委会议。会上有人向他反映：林县老百姓没有饭吃，把树皮都剥光了。这种情况下，林县县委还视而不见，不顾老百姓死活，大搞什么红旗渠建设。

杨贵接到地委办公室紧急通知，匆匆赶到新乡豫北宾馆。

他感到了一种压抑的气氛。昔日熟悉的同事，点一下头就过去了，不对呀，过去见面总是要玩笑几句的。

午夜时分，地委书记找他谈话，让他在明天上午的会议上作出深刻检查。

检查什么呢？红旗渠自开工以来的情景一幕幕在他脑际中飞快闪过，他辗转反侧，不能入睡。

为老百姓干点事咋就这么难呀？

难言的苦痛啮咬着杨贵的心。

会议刚刚开始，省委书记处书记史向生递给杨贵一个条子：杨贵同志，争取早发言，深刻检查，取得主动。

杨贵知道这是想保护自己，感激地朝他点了点头。

说假话吗？说点违心的话，痛哭流涕，或许能过关，但那还是自己吗？

要说就说真话，大不了卷铺盖回家！

杨贵横下一条心来。

横下心来，心反倒静了。

这一刻，天宇间不再喧嚣，世界静谧极了，静得能听到自己的心跳。

轮到杨贵发言。他平静地说：我是林县县委书记，林县不管出了什么问题，主要责任在我，决策都是我做的，如果撤职，首先应该撤我的职。路加林只是一个组织部部长，最多他只能算是一个执行者，撤他的职，并且把他调离林县，我觉得不妥，也不实事求是。

谁也没想到，杨贵一上来讲这番话。

话说得够硬的。

杨贵，这样讲话，你想到会有多么严重的后果吗？

会场上交头接耳。

领导们面色冷峻。

杨贵继续说道：林县历史上就是严重缺水的地方，最近几年，情况更甚。全县有近三分之一的地方人畜饮水十分困难，有些地方需要到一二十里外去挑一担水。由于井里打不出水，出现了光棍村。我们作为共产党的干部，不论是党性还是良心，都不允许我们眼睁睁地看着老百姓渴死。我们可以不修红旗渠，那样，自己的乌纱帽戴得四平八稳，而且工作还轻松自在，但遭罪的是老百姓呀。修建红旗渠，是林县广大人民群众长期以来的迫切愿望，我们不过是顺了民心民意而已。

关于百日休整，杨贵知道这是导火索，必须让大家了解实情。他对谭震林和其他领导说：我们根据中央百日休整的指示，99%的民工都已下山休整，只留下300余人开凿红旗渠咽喉工程青年洞，我们对他们的生活作了妥善的安排，这300多人没有一个得浮肿病的。林县县、社、大队三级有几千万斤储备粮，绝不像有些人说的林县群众没饭吃，把树皮都剥光了……

“我希望领导实地彻查我们的工作，我今天的话如有一句不实，愿意接受组织上的任何处分”，杨贵诚恳地说。

随即，谭震林派出调查组。

调查组很快有了结论，杨贵说的都是实情。

谭震林指示新乡地委，恢复路加林的职务。

后来杨贵说：调查组查得真细呀，连生产队的储备粮都要逐斤查验。

风住了，雨停了，阳光从云层缝隙间射出来，一如往昔。

一场遮天蔽日的风暴平息了下来。

然而，意想不到的风暴随时都可能旋起。

你准备好了吗?

1962年初冬。

天冷得出奇的早，虽然没到天寒地冻的时候，人们都穿上了厚厚的棉衣，嗖嗖的西北风打在身上，透心的凉哦。

树叶凋零了，它用蜷曲的身体回归大地。

11月5日，河南省中国人民银行某副行长突然率领调查组来到林县。

“有人反映路明顺挪用退赔款，严重违反国家财经纪律。”调查组跟杨贵交代了此行意图。

“我们出发前，省行党组专门开会研究了这个问题，认为性质非常严重，必须严肃处理。”

路明顺时任中国人民银行林县支行行长。

杨贵对调查组说：“这笔钱是国家退赔给林县的，我们当时只是把这笔钱暂时存放在县支行而已。”

“那也不行。这笔钱是国家的退赔款，只能专款专用。”调查组用不容置疑的口气强调。

事情是这样的。

红旗渠二期工程上马以来，资金遇到严重困难，县委经过反复研究，决定将国家的退赔款先拿给红旗渠，以解燃眉之急。

路明顺当然知道，他也是个老金融了，这么做与银行的规定不符。可是，红旗渠是在等米下锅呀！

“几万人在工地上，没钱哪儿成啊。”路明顺非常理解红旗渠的难处。

前些天在红旗渠工地，马有金拉着路明顺的手说：“看到没，一开门就得几万元哟。”

放眼望去，近处是躬身凿石的背影，远处是隆隆开山的炮声。

热浪滚滚的工地，人们激情似火。路明顺的心被融化了，融化在工地穿梭不息的人流里。

“唉，豁出去了！”路明顺在红旗渠的请示报告上郑重签上了自己的名字。

签上“路明顺”三个字，他就断了自己的后路。

工作组的处理意见出来了。

给予路明顺开除党籍，开除公职处分。

“这叫什么事啊？为了红旗渠让老路一个人背黑锅，绝对不成！”县长李贵在常委会上率先发言。

常委们都同意李贵的意见。

随后，林县县委、县人委致函河南省人民银行，为路明顺据理力争。

最后，省行给路明顺的处分是：党内警告，调离银行系统。

此事到这里似乎可以画上句号了。

那你就错了。

“只处分一个小小的行长有什么用，应该把幕后的黑手揪出来……”

有些人不甘心，上蹿下跳，继续四处活动。

事情反映到李先念副总理那里。

李先念批示：这不是什么大问题，不要把它看得太重了！

林县人民心里明白，李先念这是在保护红旗渠。

一锤定音。

鲁迅说过：“自古以来，就有埋头苦干的人，有拼命硬干的人，有为民请命的人，有舍身求法的人。”那些为红旗渠把所谓的政治前途，连同身家性命全都搭进去的人，不就是这样的人吗？

鲁迅称他们是——“中国的脊梁”！

正是有了这样一批人，才使中华民族在漫漫黄沙古道上扬帆至今。然而，当这些人为了一个伟大的抱负激动得席不安寝食不甘味、埋头苦干拼命硬干，并且已经看到瑰丽的朝阳出现在地平线上时，我们是否能理解他们的初心、担当与坚守，并不是为了他们自己，我们是否明白，那些背后的黑枪，无休止的纠缠，对事业造成的伤害究竟有多大！

2.最难的是实事求是

据《红旗渠日志》记载，自1961年6月复工以后，按照多劳多得，少劳少得的原则，红旗渠工程指挥部决定，每个工补助粮食10两（大秤16两一斤，相当于现在6.2两）人民币两角，煤1斤半，肥皂、毛巾、袜子敞开供应。

两个月后，将人民币提高到3角。

当时，煤、肥皂、毛巾、袜子全部凭票供应。林县人民真的是拼了，倾尽全县之力，支援红旗渠。

这里特别要说一说的是粮食。当时，粮食是全国第一紧俏的商品。三年困难时期，主要是粮食短缺。粮食供应量已经降到了最低，几乎家家都吃不饱饭。我所在的城市，一斤土豆两元钱，一斤饼干卖到五元钱。要知道，当时一个二级工人的工资，每月才37元钱。

而在红旗渠工地，每个工每天补助6.2两粮食，工地民工每天大约

6000人，那就是3700多斤粮食，这粮从何来？

杨贵说：“当时林县储备了4000多万斤粮食。”

怎么回事？

1958年党的八届二次全会，要求钢铁产量从335万吨提高到1070万吨，1959年，要达到3000万吨。粮食产量1958年要比1957年增产80%，由3900亿斤，增加到7000亿斤，1959年要由7100亿斤，达到10500亿斤。

当时流行的口号是：人有多大胆，地有多高产。

想入非非，真的是热昏了头脑。

1958年6月初，河南新乡地委、专署召开县委书记会议，要求各县汇报麦收产量。

县委书记知道，说少了肯定过不了关。

“老杨，你先说吧。”

“说就说。”

“林县小麦今年长势不错，我来开会前，让农业部门估算了一下，亩产114斤左右。”

“什么？你再说一遍。”

专员显然有些生气了。

“我们亩产也就114斤左右。”杨贵又说了一遍。

“你们每天就睡觉了吧。就是天天睡大觉，亩产也不至于打这么点。”专员正色道。

“你们到底还想不想干了。”专员的声音提高了8度，就差拍桌子了。

“杨贵，我问你！你说的是干麦还是湿麦？”

“当然是干麦了。”

“加上水分是多少？”

杨贵如实说：“这我还真不知道。”

“至少也得加一成吧。”

杨贵在心里盘算着，一成也就14斤，加上这一成也行。他说：“我们林县亩产就报125斤半吧，绝不可能再多了。”

“杨贵，过去有人说林县这也不错那也不错，我看这都是胡扯！”

有人劝杨贵：“一亩地加一百斤，不加一百斤加八十斤也行啊。”

“别硬扛。硬扛对咱个人没好处。”

这些道理杨贵也懂，可他总觉得，说假话总不是长远的事。

“气球吹到爆的那一天就难看了。”

熟悉杨贵的人说：“别看杨贵平时处理问题挺灵活，但他骨子里是一个犟人。”

这回他的犟劲儿又上来了，“大不了就是个撤职，撤就撤吧，没啥了不起的！”

大多数人一看这阵势，可别找不自在了。

俺县亩产280斤。

俺县亩产350斤。

俺县420斤。

俺县450斤。

妥了。到了年末，就按照各县报的产量征购粮食，有的县粮食实际产量还不及上报数的三分之一。粮食被国家征购走了，可当地的老百姓怎么过呀？

后来的事情大家都知道了。

1958年至1959年，林县县委实打实地上报粮食产量，从而使县、社、大队三级粮库，有了4000万斤储备粮。如果没有这4000万斤储备粮，杨贵说："红旗渠真不敢贸然开工哟，那是会饿死人的！"

尽管红旗渠对每个民工每天补助6两多粮食，但对于重体力劳动者来说，远远不够。为了叫开山民工填饱肚子，林县发动中小学生到山上去挖野菜，每个学生发一条麻袋，挖回来的野菜炊事员把苦的和不苦的分开，不苦的掺到面里做成菜团子，苦的放水里泡两天再吃。

河南省省长文敏生1966年在一次全省工作会议上说：有人质疑，林县有那么多储备粮，是否征购任务太轻？我要告诉大家，据地委提供的数字，林县的征购任务占安阳地区的三分之一以上，年年完成征购任务。1961年春，全省粮食最困难时期，林县县委为分担省委的困难，还支援灾区1000万斤粮食……

1943年。延安。

中央党校请毛主席题词，毛主席写下了四个大字：实事求是。1945年，实事求是被写进了党章，成为中国共产党的思想路线。

从此，中国共产党人便与实事求是为伍，它不仅是中国共产党克敌制胜的法宝，也是我们为官一任，造福百姓的底线。

实事求是的关键是实。所谓实，就是实际、实情、实话、实效，就是事物原原本本的样子，就是有一是一，有二是二，白就是白，黑就是黑，不夸大也不缩小。一个人想事情干工作，唯实最重要。只有唯实，观察事物才能客观，处理问题才能理性；才能眼里有群众，心中装人民；才能不唯上，唯领导马首是瞻；才能不唯书，只会做文件和教条的传声筒。

实的对立面就是假。假就是浮夸、欺骗、吹牛、伪饰，就是假大空，放卫星，文过饰非，浪得虚名。一旦进入造假通道，你就得用一个谎言去掩盖另一个谎言，一旦谎言被戳穿，剩下的只能是一地鸡毛。

秋分到了。

白露早，寒露迟，秋分种麦正当时。就在林县农民准备种麦的当口，地区行署召开了“全区秋播秋种会议”。会议只有一个主题——全地区立即掀起深翻土地的群众运动。会议要求，“地翻一米深，麦打1000斤。”

凡是地翻不到一米的，不准播种，啥时候翻到一米了，啥时候下种。

“这不是胡闹吗？”参加会议的县委副书记郭福兴对杨贵说。

“那你咋不在会上提出来？”

“谁敢提呀！”

杨贵也是农民出身，长这么大，还头一次听说要把地翻一米深。他坐不住了，踏着月色去找号称“种地大王”的张把式。

“老哥，我就想问问你，翻地一米中不中？”

“翻那么深做啥？”

“有人说麦根扎三尺深，亩产能打1000斤。”

“俺种了一辈子地，从来没听说过长三尺长的麦根。”张把式说。

“在咱林县，别说三尺，就是八寸长的麦根都很少见。老辈人说，麦根八寸，地厚有劲，可咱们林县哪有那么厚的土哟。林县地上面一层土，下面全是石头，挖地三尺，那不是把石头全翻到上面来了吗，那还咋种地？”

听张把式说完，杨贵心里有底了。

第二天，他找来了郭福兴。“老郭，我看咱林县不能搞深翻。”

“那地委追责咋办？”郭福兴有些担心。

“如果搞深翻，把石头和生土都翻上来，别说1000斤，我看连100斤都打不上。”

杨贵继续说：“麦子收不上来谁负责？吃亏的不还是老百姓吗？地委负得起责任吗？”

结果大家应该想到了。

林县受到了大会小会的批评。

然而，农民的利益保住了。第二年林县的麦收产量全地区第一。

望着黄灿灿的麦穗，农民笑了。

虽然笑得很陶醉，但看得出来，在笑的背后有那么一丝苦涩……

那些深翻地的县吃到了苦头。一来深翻地影响了农时，麦种下地已过了时节；二来将死土翻了上来，压住了熟土，麦穗只有寸把长，看得老百姓直想哭。不用说了，小麦产量大幅度下降。当年安阳地区上交公粮，林县竟占了全地区的三分之一强。

小麦大丰收，让林县三级储备粮又上了一个台阶。

实事求是——新中国最大的热词之一，几乎所有国人都耳熟能详。

然而在实际工作中做到实事求是，却又是一件知易行难的事情。不仅仅因为事情千头万绪，往往屏蔽了事物的本质，重要的是，你是选择实事求是呢，还是跟着阵风一同起舞？

或者说，你明明知道领导的决定是脱离实际的瞎指挥，搞的是政绩工程、面子工程，你是违心为领导的错误决定摇旗呐喊呢？还是选择实事求是，抵制错误行为？

3.其身正，不令也行

时在1961年仲秋，马有金被紧急调往红旗渠工地。当时，他任南谷洞水库总指挥部指挥长，正带领数千民工日夜奋战在工地上。

一天，他接到了杨贵打来的电话。

“老马吗？”

“是我。”

“有件事想事先征求一下你的意见。”

马有金猜到了准是让他上红旗渠。

“杨书记，你就吩咐吧，让我干啥都行。”

“那好。县委准备让你去红旗渠担任工程总指挥部指挥长。”

“啥时候？”

“越快越好。”

“好嘞，明天早上我一准儿动身。”

马有金任副县长之前，是林县建设科科长，对林县的水利工程了如指掌。来到红旗渠工地，没几天工夫，他就跑遍了所有的营连驻地。

“工程表面上看是进度，难点在质量，关键在干部。”

“干部不仅身要沉下去，心更要沉下去，喊破嗓子不如干出样子。”

在马有金眼里，“沉下去”，就是五同——同吃、同住、同劳动、同学习、同商量。

“干出样子”就是表率作用。他说：“我就不信，我在这儿弯腰干，你好意思站着看。”

星星还在眨着惺忪的睡眼，马有金已经起床走出了帐篷。只见他在工地上左转转，右看看，不停地用手中的钢钎敲打着刚刚砌好的渠墙。他知

质量重于泰山，由于未达到施工标准，马有金责令立即返工（拍摄/魏德忠）

道，如果水泥浆灌不实，使劲一敲，石块就会松动。遇到这种情况，施工负责人就“傻眼”了，暴风骤雨般地一顿剋，不仅立即返工，施工负责人还要被罚。

“告诉你，我陪你一同受罚。”

“别，别，马县长，罚我自己就行了。”

“我陪你一起受罚，就是要让你好好长点记性。”

“记住了记住了，以后再也不会出这种事了。”

施工负责人被罚的是补助款，马有金被罚的是自己工资条上的真金白银。

施工中的漏洞堵住了。

今天，人们都说红旗渠是优质工程，百年工程，殊不知，工程质量是靠严苛的制度和不近人情的管理换来的。而在这工程质量的背后，是一种大情怀大操守——忠肝义胆何彷徨，效命岂止在疆场。

你若问马有金：“你身上这一股劲儿从哪儿来的？”他会很奇怪地瞪着眼问你：“干工作不都这样吗！”

习惯成自然。

在红旗渠工地，人们经常看到一个身着工作服，铁塔似的汉子出现在凿石放炮的工段——这是红旗渠工地最艰险的地方。马有金抡圆了膀子，一口气能抡四十下，还是十二磅的大锤。大锤起落，火星四溅，呼呼生风。恰在这时，有几个公社干部来找他，想跟他讲点条件，准确地说是讨价还价，本来想好了词，一看这情景，竟全忘了。

老马放下大锤问道：“你们有事吗？”

“没事没事，看你抡大锤，我们就想过来看看。”

说完几个人嘿嘿一笑，走了。

“你咋不说呢？”

“咋说呀？”

“唉！就咱们那点事，说了不是自找着挨批吗？”

马有金望着他们的背影，似乎也猜到了他们的用意。

当一个人全身心投入到事业中来，你就是一束光，照亮别人的同时，让周围都变得灿烂起来。

马有金来到伙房，这是他到红旗渠工地吃的第一顿午饭。

炊事员李留子说了声你稍等一下，转身进了伙房。转眼工夫，将两个白面馍馍和一碗小米稀饭端到马有金面前。

马有金前后左右瞧瞧，不对呀！别人咋都吃的玉米面饼子呢？他问李留子：

“这咋回事？”

“你是县长，按级别得吃小灶。”

“谁规定我得吃小灶？”

“我听说部队团长都吃小灶，你县长不也得吃小灶吗？”

马有金哭笑不得：“小李，在咱红旗渠，没有县长和民工之分，别人吃啥我就吃啥。”

“那哪儿成啊。”

“就按我说的办，以后不准搞特殊。”

晚上，马有金召开各工地指挥长会议，布置完工作以后，他加重语气说：“今天中午炊事员给我单独蒸了两个白面馍馍，我如果吃了，就和群众拉开了距离。今后，首先从我做起，民工吃啥我吃啥，任何人都不允许搞特殊化。”

有人问：“上级领导来了咋办？”

“县委领导来了，也和民工吃一样的。”

杨贵说：“我举双手赞同。”

李贵和其他县委领导都说：“这样好啊，吃着心里舒坦。”

在红旗渠展览馆，我看到了这样两张照片。一张是红旗渠工地指挥部的领导和民工一样，住山崖，宿石缝儿。另一张是几张篷布支起来就是指挥千军万马的工地总指挥部，三块石头支起一口大锅就是工地总指挥部的伙房，大伙就蹲在大锅周围吃饭。

“五同”的第一条就是同吃。民工看见领导干部和他们一个锅里吃饭会咋想？毫无疑问，他才会把你当成自己人，心里话才会对你说。

马有金说：“吃在一个锅里，话才能唠到一块，心才能想到一起。”

马有金在红旗渠当了8年指挥长，其中有一年红旗渠被迫停工，和民工“五同”了7年。

7年啊，装是装不出来的！

红旗渠建设了10年，除了“文革”耽误了一年，有8个春节，马有金都是在红旗渠工地上度过的。

任羊成说：“1961年春节，老马还没当指挥长，他代表县委来看望青年洞没回家的民工。吃完饺子，他说，咱们别这样待着，说完就操起了一柄大锤，就这样，新春之夜，我们干了大半宿。”

洞中的锤声应和着外面的鞭炮声，声声入耳。

钢钎下溅出的火星，虽然不及飞天的烟花璀璨，但在这新春的夜晚，却似千树万树绽放的樱花灿烂在心头。东风夜放花千树，良辰美景奈何天。此时此刻，最美也美不过钢钎下流星似雨的火花，它饱含着我们对未来的美好憧憬，是我们的热血在洞中沸腾。

本来是慰问的，完全可以走马观花似的看一眼就走，可马有金却在青年洞住了下来。他说：“谁过春节不想和家人团聚？他们有家不回，我怎么能走？”

一个实实在在的行动胜过一打宣言。

老百姓认识共产党，更多的不是从人民日报的社论和党的文件中，而是从党员领导干部的举手投足和以身作则中，看到了中国共产党的身影。这身影开始时是那样瘦小，弱不禁风，然而，经过千百万党员或默默无闻，或惊天地泣鬼神地为她献身，它的身影已如喜马拉雅般巍峨高耸。作为她的成员，对她最大的尊崇和爱护，就是让她的形象在老百姓心目中，如日月经天般恒远，如江河行地般浩荡。

而这，必须从一点一滴的事情做起。

又是一年秋草黄。

红旗渠工程进入攻坚阶段，人的眼里冒着火星。

马有金每天脚步一刻不停地穿梭在工地，用不上半月，鞋底就磨烂了。他也像其他人那样，用废弃的汽车轮胎给鞋底贴了个掌。

听到文书在后面喊他，他停下了脚步。

“马县长，你家捎信来，让你马上回去一趟。”

“净瞎扯，他们不知道工地上忙吗？”

看来，不说真话不行了。

“马县长，你老娘去世了。”

霎时，像被电猛击了一下，马有金的眼泪簌簌地滚落下来，就是那种止也止不住的泪……都说男儿有泪不轻弹，那是未到伤心处。小时候，娘领着他去讨饭，一条狗扑上来，娘赶紧用身子去挡，腿上硬被撕下了一块肉，至今腿上还有着一块疤。说起老娘的情，老娘对他的好，就是说上三天三夜也说不完。8年前，娘病倒了，从此卧床不起。娘是个刚强的人，她想叫儿常来床前跟她说说话，但她知道，儿是大忙人，忙着呢！每次马有金回家看她，她都撵马有金赶紧回去。待马有金走出门，她便呆呆地望着窗外马有金渐行渐远的身影，半晌不说话……

说起娘，马有金有着噬脐莫及的歉疚。娘卧床8年了，一直都是媳妇替他床前尽孝，最近几年，弓上水库、南谷洞水库、红旗渠，忙得他脚打后脑勺，看娘的次数更少了。好多次他梦见娘，娘的腿上流着血，摊了一地。他猛地惊起，身上全是涔涔冷汗……

娘走了，娘啊……娘……

历来忠孝不能两全。赶到家里，族亲们正在商议着娘的后事。

按照当地习俗，至少要停灵三天。马有金对大伙儿说：“俺想明天就给娘出殡。”

“你说啥？”大伙儿以为听错了。

“我想明天给俺娘出殡。”

这回都听真切了。大家连说不中。

“咋，你当县长就可以坏了规矩？”一位族里的长者责问他。

“叔，人死不能复生，我想明天把丧事办完好赶回去，工地上好几万人等着俺呢”。

媳妇说话了：“俺娘到最后，都不让俺叫他，就怕误了他的工作，咱们就再顺一次娘的心吧！”

下葬了。天际刚刚泛白，露水在叶尖上滚动。

一股不可遏止的思母之情在马有金的心里汹涌着，澎湃着，像从青藏高原奔流直下的江水。娘啊，千难万难之中你把儿拉扯长大，独自吞下了生活中所有的辛酸和苦涩，未及儿子床前尽孝你就走了，你让儿子惭愧啊！亲娘哟，你是天底下最深明大义的母亲，你不仅给了我生命，更把人间大爱给了儿子，这就是教会了我爱祖国，爱事业，爱工作胜过爱自己！

朝阳升起来了，光芒万丈！

作风是培养起来的，更准确地说，是领导人带出来的。

干部“五同”，在红旗渠不是标语口号，而是自觉行动。五同的关键在干部，不是老百姓与你五同，而是你要俯下身子，去和老百姓五同。

在外国朋友眼里，红旗渠就是一个奇迹。他们可知道，创造这个奇迹的，除了数十万林县百姓，更主要的是，共产党员在其中发挥了中流砥柱作用。他们把共产党人的初心，写在了茅棚中，菜粥里，写在了钢钎大锤上。他们用一颗颗赤诚火热的心，把数十万百姓的心凝聚在一起，形成了排山倒海无坚不摧锐不可当的力量。

在我即将离开林州的时候，听到了这样一个故事，我想把它记录在这里。

崔天书是铁匠，家里80岁的老娘病了，他心里惦记着，打算请几天假回家看看。当他听说马有金，只用一天时间便处理完母亲的丧事赶回工地，他被深深地触动了，所以打消了请假的念头。收工后，他顶着满天的星星往家里赶，到家时已是午夜，与老娘说了会儿话，他便匆匆踏上了归程。

天亮了，上工的号声响起，崔天书准时站在了自己的工位上。

这一宿，他赶了100里路。

4.同舟共济者赢

1965年12月18日，《人民日报》发表社论，称赞林县县委“是一个马克思列宁主义的领导核心”。

作为中共中央机关报的社论，对一个县级党委做出这样高度的评价，在当时十分少见。

同月，中共河南省委发文指出：“林县县委是一个革命化的战斗司令部。”

对于林县县委来说，这些无疑是至高荣誉。

荣誉是如何得来的呢?

首先是干出来的！当然，这毫无疑问。问题是你是怎样干出来的。

“高举毛泽东思想伟大旗帜，加强思想政治工作，三大革命一齐抓，贯彻党的群众路线，大搞群众运动，自力更生，艰苦创业……”

这些都对。

至少我觉得还有一点，绝对不能忽略。这就是林县县委班子成员，对红旗渠的共识、共情、共力。林县县委在红旗渠建设中之所以决策果断，行事果敢，勇于担责，敢冒风险，与这“三共”关系大焉。

就说当初，杨贵试探着说出到外县引水，只能说他当时仅仅在心里孕育着可能是红旗渠或其他什么渠的时候，就得到了副书记李运保、县长李贵毫无保留地支持，因为他对缺水给林县百姓造成的伤害，同样有着切肤之痛。

1913年，李贵出生在林县茶店乡万家沟村，是县委班子里的老大哥。按理说，到外县去找水，他完全可以不去，山高路远，风餐露宿，况且他患有心脏病，让年轻人去吧。可是，他争着要去。他说自己和山西陵川县的人头熟，好沟通，其实在他心里，就是想为杨贵多分担一点。

当时在林县老百姓中流传着这样一种说法，“二贵走前头，群众有盼头”。是的，李贵虽然年长杨贵15岁，但他是杨贵最坚定的维护者，以他在县委班子里的资历和威望，有了他的支持，杨贵心里就踏实多了。

红旗渠开工之初，李贵请缨做红旗渠工程建设总指挥部的指挥长，杨贵说：“不中。你年纪大，还是在县里帮我管管面上的事吧。”李贵说：“年纪大咋，年纪大更要多干点，不然就没机会了。”最后双方达成妥协，李贵在后方，总揽红旗渠的后勤保障。

俗话说，兵马未动，粮草先行。后勤供应是个琐碎的活儿，尤其是最初，红旗渠没有列入国家计划，一针一线都要自己筹措，真难为人啊。好在李贵熟人多，好多从林县走出去的领导干部，都与李贵相熟，比如福建省省长马兴元，福建省东山县县委书记谷文昌，湖南省委常委、郴州地委书记万达，五机部的李奎成……当然还有很多很多，都是李贵的领导或战友。李贵一封一封地给他们写信，请求老领导老战友支援。

派出去弄稻糠的采购员拿着信找到了马兴元和谷文昌，二人知道这是制造炸药的材料，马上安排下去，不仅按林县的数额满足供应，谷文昌还交代办事人员，多掺些碎大米。要知道，这是三年困难时期，有钱你也买不到粮食啊……

万达接到信后，如数解决了林县所需的一千立方米木材和两万斤稻糠。

北京市电业局局长宋海，曾在林县当过县长。他对采购员说："炸药我解决不了，不过我可以给你介绍一个人，解放军总后勤部有一位姓唐的副部长，抗战时在咱们林县工作过，你提我的名字找他试试。"采购员心想，那么大的官，能见上面吗？唉，别说，通报之后，一听说是林县的，采购员被领到了办公室。唐部长很爽快：

"你们需要多少？"

"一百吨。"

"多了有困难，好吧，一百吨就一百吨吧。"采购员的心都要蹦出来了……

1961年6月，河南省有关部门将洛阳地区一个下马水库剩下的500吨炸药，全部划拨给了红旗渠。这可是天大的喜事，一向稳重的李贵，差点没蹦起来。他连夜组织运力将这500吨炸药运到洛阳火车站货运仓库。

还没等喘口气，火车站打来电话：

"赶紧将炸药运走。"

"为啥？"

"最近有外宾专列通过，火车站1.5公里内不准堆放易燃易爆物品。”

将500吨炸药运回林县，在当时不是个小事情。满打满算，林县的货运汽车也不过二三十台，有些还抽不出身来。

“活人还能叫尿憋死吗？”李贵说：“没有汽车咱们有马车，没有马车咱们有独轮车。”

李贵亲自到洛阳火车站指挥装车。用了一周时间，500吨炸药，还有雷管和导火索，安全运抵红旗渠。

过后有人问李贵：“这点事还用得着你亲自去火车站蹲一周吗？”

“这哪是这么点事？这是运炸药，一旦出事就是人命关天的事，不盯着哪儿成！”

责任！满满的全是责任！

一个领导干部一旦把责任扛在肩上，他就会把全身心的爱，自觉奉献给国家、人民和事业，就像一滴水融入大海那样自然而然，不留痕迹。他就会把磨盘大的事和天大的事等同起来，“苟利国家生死以，岂因祸福避趋之”。

带着责任上路，你就肩起了国家的托付，人民的叮嘱。责任在你心里，已经不再是一个抽象的名词，而是眼前每一项具体工作。做好了这些工作，你才于心能安，吃得下饭，睡得着觉。否则，就像有一个刺猬在心里，扎得你坐立不安，六神无主，浑身冒汗，恨不得跳进冰水中清凉一番。

听说红旗渠工地急需芦席和抬筐，李贵立马赶到了泽下公社。10年前他在这里当过区长，知道当地老百姓有编芦席和抬筐的手艺，只是最近几年，由于价格太低，赚不到钱，很少有人做这种活计了。

他连夜召开社员大会：

“红旗渠那边芦席和抬筐告急，已经影响了渠上的工程进度，县委希望全公社男女老少紧急动员起来，就像咱们当年支前那样，用最短的时间编出5000领芦席和一万个抬筐。”

他问大家：“一周时间够不够啊？”

几乎所有人都面带难色。

“红旗渠急需就是命令，乡亲们，时间不等人啊！”

“好，这事就这么定了，一周以后我李贵领人来拉芦席和抬筐。”

已经不能用披星戴月来形容了，家家户户齐上阵，就连孩子，也加入运送芦苇的行列。

一周后，李贵亲自把芦席和抬筐送到工地上。

某日，红旗渠传来消息，民工鞋底十天半月就磨破了，许多民工光着脚干活，脚都被扎烂了。

“那哪儿成啊！”

李贵立即召开县直机关干部大会，号召大家捐鞋。他将自己脚上的新鞋脱了下来：“这是俺老伴刚给俺做的，前天才穿上，九成新吧，俺把它捐上。”

李贵就这一双新鞋。

第二天，第一批三千双鞋送到了工地。

多少年以后，唠起这些往事，杨贵动情地说：“没有这些老伙计，红旗渠哪能干得成哟！”

说罢，他微阖上双眼，一任回忆翻卷胸中波澜。

往事并不如烟，一切历历在目，清晰如昨。

翻山越岭担送修渠物资（拍摄/魏德忠）

杨贵记得，会上讨论到外县找水，周绍先首先表态支持，并自告奋勇和杨贵一组，到山西平顺去找水。看到浊漳河水汹涌澎湃的那一刻，周绍先竟高兴得跳了起来。杨贵见状说："老周啊，将来如果能从浊漳河引水，你就任工程总指挥吧……"

"好啊，你在家坐镇，我到前边指挥。"

"就这么定了。"说罢，两人笑了起来，是那种会心的笑，惬意的笑。

引漳入林工程总指挥部成立，周绍先担任第一任指挥长。如果不是身体原因，这个指挥长他肯定会一直干下去。

王才书，对，就是大年三十坐火车去太原的那个王才书。自打红旗渠工程开工，他就担任工地党委书记，周绍先住院后，他接任指挥长。他患有坐骨神经痛，开始时还不觉怎样，后来病情加重了，连走路都有了困难。红旗渠工程总指挥部秘书的日记记下了这段往事。

1961年8月26日晴。上午，王才书同志主持召开会议，研究资金筹措等事宜。吃过午饭，他提出到工地上去看看生产情况，二三里路程，他竟歇了四五次。我劝他不要去了，他说不看到真实情况，觉也睡不踏实。还说，县委把这么大个工程交给我，万一出点差子，我怎么和县委交代。回来的路上，是我一直把他搀回来的。

1961年9月16日晴。县委派来的吉普车将王才书同志接走了。近20天来，他翻身都困难，坐在椅子上一小会，就会疼得头上冒冷汗。就这样，他也不让我们跟杨书记反映他的病情。看样子，他的病不是短时间能好的，所以他走的时候，指挥部的人都过来和他握手，大家有好多话想和他说。想起他在工地上的日日夜夜，他为红旗渠操碎了心，我们大家既佩服又心疼他，希望他这次住院能安心养病，争取早日康复。

“王部长走后，大家都表示要更加努力地工作，不让王部长担心。”

古人云，万乘之业，汇众志乃成。

卡夫卡说：你就是问题。是的，人最大的问题就是你自己。

为什么看起来很有希望的事情，干着干着失败了？除了一些不可克服的因素，很大程度上是众志四分五裂，或者说一开始就没有汇聚众志。

“我是一把手，这事就这么定了。”

这句话大家再熟悉不过了。是的，事情定了，可是谁来干呢？

木秀于林，独木难支。没有大家的支持，你浑身是铁，又能打几个钉？

在林州，听得越多，看得越多，越感到红旗渠建设者是一个了不起的英雄群体，红旗渠就是一面英雄群体的长墙。

杨贵将县委一班人的“众志”凝聚起来，调动起来，并由“众志”变成了“众智”。而县委一班人又将坚定的意志和决心传导给全县的党员干部，全县的党员干部人人都是一面战旗，在这些战旗下，林县人民万众一心，举众人之志，兴万民之业，遂使红旗渠成为一项惊艳寰宇的不世工程。

注：新弓会议及使用退赔款的有关情况，均源自杨贵回忆文章。

第五章

群星耀太行

你们从生命的极限处走来。

你们相信绝处逢生，相信那是极地的一抹暖阳，是浴火重生后才能享受到的心灵大满足。

掌上的老茧经常把别人的手搓得生疼；腰间的硬茧像铜钱厚，10多年后才慢慢褪去；每年春节都要在工地上度过，只要工地上还有一个人，这个人就是你……

站在光明顶上看日出和躺在被窝里乜一眼日头是不一样的。前者亲身感受到生命的澎湃和燃烧，是后者永远无法体会的。

1.阎王殿里报了名

当年在红旗渠有句顺口溜，“除险英雄任羊成，阎王殿里报了名”。

这绝不是浪得虚名。

英雄称谓是拿命换来的。

60年代初，他正年轻，才30出头。兄弟七人，两个哥哥在解放战争中立功负伤，是甲等残废军人。他排行老三，父亲听说他要去红旗渠，对他说：

“去吧，别做孬种！”

爹的这句话，钻进了他心里。

从小他就知道，孬种是最被人瞧不起的，你要想叫别人看重你，你就要自己打好样。

或许，这就是基因。

随着滚滚人流，任羊成来到了红旗渠工地。

开始，他任爆破组组长，带领36名爆破队员开山放炮。随着炸出来的渠线越来越长，悬崖上的活石也越来越多，随时可能滚落下来砸到下边施工人员的身上。

营长找到任羊成：“听说你会下崭，现在还中不？”

这是玩命的活。所谓命悬一线，指的就是这个。所以，营长试探着问他。

“中。”

“羊成，这些活石不清掉，工程没法往前进。”

“营长，你说咋整吧。”

“我想叫你选几个人组成一个除险队，把这些活石都弄掉。”

“中。那我就选人吧。”

“还有，如鸡蛋粗的大绳备几条，拇指粗的细绳也备几条，大锤、小锤、大橇、小橇、抓钩都要备好。”

“还有啥？尽管说。”

“这些就中了。”

第二天太阳刚爬上山头，任羊成领着三个队员来到了崭顶。

崭，做险峻解。崭顶，即巍峨险峻的山尖。

任羊成叫三个队员打下三根呈三角形的木桩，中间放上一块平板石头卡在中间，以防木桩移动。然后，他把大绳系在腰间和护心疙瘩连接好，一边把大橇、抓钩背在身上，身子往后一躺双脚一蹬，嗖地一下身体飞向空中。随后，只见他身体在空中摆动的幅度越来越大，大家的心也随之悬了起来。

“羊成，中吗？”营长在崭顶焦急地大喊。

“中”声音回荡在山谷。

崭下的民工被任羊成吸引了。只见他像矫健的鹰，双目盯准活石荡过去，用大撬一别，一块活石滚下山去。如此这般，当日头来到头顶，崭下已经滚落了一大片活石。

初战告捷，任羊成的名字在工地传开了。

这时，鸻鹉崖发生了大塌方，总指挥部决定调任羊成火速前去增援。

“羊成，咱们工地上能下崭的有多少人？”王才书着急地问道。

“据我所知，大概有十几个人吧。”

“好，现在就任命你为红旗渠除险队队长，你赶快把这些人组织起来。”

“好嘞。”

第二天，一支十二人的除险队出现在鸻鹉崖。

当地老百姓中流行着一句顺口溜：“鸻鹉崖是鬼门关，风卷白云上了天，禽鸟不敢站，猴子不敢攀。”过去，曾有几个采药人在这里命丧黄泉，在老百姓眼里，攀爬鸻鹉崖就是找死。

凌空除险的惊险一瞬
（拍摄/魏德忠）

河南日报著名摄影记者魏德忠的那幅《凌空除险》，就是在鸽鹉崖下拍摄的。他后来说：真险呀！在下面看他们在空中荡来荡去，真有一种心惊肉跳的感觉。

我在前面说过，凌空除险无疑是虎口拔牙，是与魔鬼贴身肉搏。别的不说，就说从三十多米的距离荡过来，分寸稍有差池，人便会撞到岩石上，你想想，那会是一种什么结果？不把你撞死，也会把你撞得头破血流，缺胳膊少腿。

一天，任羊成正在清理碎石，上方突然滚落下来一块石头。石头虽然不大，却一下子砸在了他的嘴上，顿时，他眼冒金星，差点昏死过去。稍后他使劲摇了摇头，脑袋还在，用手一摸，满脸是血，再一摸，门牙掉了四颗。他想喊放绳的伙计拉他上去，可嗓子喊不出声来。半晌，上边的人不见他飘荡的身影，估计出事了，急忙把他拉了上去。

他瘫坐在地上，脸上衣服上全是血。大家再仔细一看，脸肿得像角瓜，眼睛只剩一条缝儿了。

大伙儿把他扶到工地卫生站，包扎完后，卫生员让他到盘阳工地医院住院观察两天。

他瞧了瞧卫生员，半天憋出了一句谁也听不大清楚的话：

“走！”

十二勇士清理完鸽鹉崖的活石，马上来到了老虎嘴，这里的难度比鸽鹉崖更大。

说它难度大，是因为活石并不与山体齐平，而是凹进去一块，大撬无论如何也碰不到活石。

任羊成对放绳的伙计说：“这次我要尽量荡得远些，听见我的哨声，你就赶快放绳。”

一次，两次，三次……

成功了！任羊成像壁虎一样，将身体紧紧地贴在岩石上。

他一手死死抓住石缝儿，一手将撬棍用力一别，一块巨大的活石滚了下去。

路趟出来了，其他人也照此办理，清理进度逐渐加快。

巨大的石块滚落到浊漳河里，溅起一层水雾。浊漳河哟，你可愿意永久为历史作证，在那个困难年代，有一群人食不饱腹，衣不蔽体，舍生忘死，拼命一搏，只为建成一条大渠。

他们图个啥呀?

只有他们自己心里最清楚。

他们将心中所愿，全部融化在凌空展翅的一跃当中……

一次，任羊成在通天沟除险，天已经热了，他脱去了外衣，只穿一件背心攀上了崭顶。通天沟延伸出来一块十多丈长，一丈多宽的巨石，巨石两旁长满了带刺的葛榛。任羊成把老绳搭在巨石上，当他用脚一蹬准备用力荡起时，老绳突然滑落，他被抛进了葛榛丛中，钻心的疼痛，让他叫了起来，1厘米长的圪针扎遍了他的全身。

任羊成动弹不得，哪怕轻轻一动也会引来钻心的痛。过了许久，疼痛得有些麻木了，他咬紧牙关站了起来，继续清理碎石。

收工后，任羊成对房东大娘说：“大娘，帮俺把这圪针挑出来。”

大娘吓了一跳，“这咋弄成这样了？”

“别声张，你给俺挑出来就行了。”

“这么多让俺咋挑？”

“你就拣长的挑就行了。”

不一会，大娘挑出一捧。任羊成说：“大娘，叫你儿子来。”

任羊成脱下裤子，叫大娘的儿子挑下半身。小伙子一看下半身都扎烂了，说“太多了，俺挑不了，找医生吧。”

“找医生我还用你？”

“为啥？”

“不就是怕让领导知道吗。”

“知道了咋？”

“又不叫俺上工了。”

小伙子不再言语，帮羊成把刺全都挑了出来。

撮在一起，好大的一堆。

落雪了。

按照规定，大雪天不准施工。任羊成心里急呀，抬头看看天空，雪没有消停的样子。一天，两天，第三天他实在坐不住了，悄悄对身边的几个伙伴说：

“走，上四眉崭。”

伙伴们知道他要去除险。

“中吗？”

“中！”

“没事？”

“没事！”

来到四眉岭，任羊成系好绳索就荡了下去。雪花继续飘落着，任羊成在风雪中荡来荡去，像一只孤零零的飞鸟。他的头上，身上积了厚厚的雪，衣服冻硬了，邦邦作响。从早上到晌午，任羊成在风雪中一块一块地撬着活石，心中的满足感也在一寸一寸地生长，我今天把活石清理干净，天一放晴，大家就可以放开手脚干活了。

雪渐渐停了，暮色围拢过来。伙伴帮任羊成解开绳索，他的手已经冻得伸不开了，两条腿像得了强直症，硬硬地直立着。伙伴们赶紧把他抬到山洞里，点上一堆火，用雪给他搓手，用手使劲给他揉腿，半晌，任羊成才缓过来。

天黑了，他们一行四人踩着厚厚的雪，回到了驻地。

记者向马有金了解任羊成。马有金说："没有任何领导硬让他这么干，他都是自觉自愿的。"

任羊成为了除险，在紧急情况下拔掉了自己的门牙（拍摄/魏德忠）

“他对共产党有很深很深的感情！”

明白了。一切源出于此！

自打来到红旗渠，整整8个月，他没有一天离开过。母亲生病他没回去，老婆生小孩他也没有回去，他心里只有一个念头：只要不被砸死，我就要抓紧时间除石，下边有那么多兄弟等着干活呢……

1966年初，时任新华社国内部主任穆青采访任羊成。穆青后来在《两张闪光的照片》中写道：

红旗渠工程已经基本竣工，我问羊成身上是否还有绳勒的伤痕？他说，还有。他脱下上衣，果然露出一圈儿厚厚的老茧，像一条赤褐色的带子缠在腰际。我用手轻轻地抚摸着那条伤痕，实在抑制不住自己的感情，眼里早已充满了泪水。我紧紧握住他的手半晌说不出话来。还用说什么呢？那一圈儿老茧，已经说明，为了红旗渠，他忍受了多大的痛苦，做出了多大的奉献！

我为他披上衣服，说：“羊成，你受苦了！”

“一句话，他眼里也顿时闪出了泪花。”

穆青在我心目中是一位德高望重的前辈，是一座难以逾越的高山。再读这些性情纯真的文字，我又一次被深深地感动了，如穆老当年，眼里充满了泪水，止不住地在面颊流淌……

2.生命，定格在27岁

1960年3月29日，红旗渠工地。

天阴沉着，垂得很低很低，紧紧包裹着人们悲伤不已的心情。

临时搭起的台子上，摆满了用松枝扎起的花圈。

红旗渠工程总指挥部指挥长周绍先致悼词，未及开口已泪流满面：

“昨天下午6时许，工程股技术员吴祖太和姚村公社干部李茂德在王家庄隧洞检查安全时，突遇塌方，壮烈牺牲！”

“吴祖太是在党的培养教育下成长起来的，是我县水利战线的一名高级技术人员。最近几年他投身我县的水利建设，参加了所有大型水利工程的设计，充分发挥了一个科技人员全部的聪明才智，为我县的水利建设做出了重大贡献。他是我们的好同志、好战友，他的突然离去，是红旗渠工程的巨大损失，也是林县人民的巨大损失……”

细雨不断线地飘洒下来，越来越密，啊！老天都在为你流泪哟。

你才27岁呀！生命的大幕刚刚拉开，多少高天流云，余音绕梁的乐曲等着你去弹奏，多少交葛时空的创意等着你去设计，但你却走了，头也未回地走了……

林县人民的心好痛好痛啊！

吴祖太（提供/周锐常）

林县水利局，之前没有一个科班出身的技术人员。

1950年，吴祖太考入郑州工业职业学校水利科，两年后，水利科并入黄河水利学校。1956年，毕业后分配到新乡专署水利局。1958年，他得知林县正在大搞水利建设，便主动要求到林县水利局工作。

他成了林县水利局唯一有专业资质的技术员，在杨贵的眼里，“他是俺们林县的宝贝”。

不知大家注意到了没有，中专他读了6年。今天，可能很多人对一个中专生挑起全县水利工程的大梁心存怀疑，之前我也是这样想的。现在应该明白了，6年的专业学习，水平恐怕比今天的研究生都要高一截吧。

吴祖太刚来林县时，正值林县水利工程热火朝天大干快上之时，四条大渠基本完工，三大水库正开工修建。有一天，他到南谷洞水库勘测，指挥长马有金一把拉住他：“吴技术员，我总担心这坝抗不住大洪水，你好好给测算一下。”

“好嘞。”

南谷洞水库，是由省里的工程师帮助设计的，推翻原来的设计，这合适吗?

由不得他多想，历来水火无情，倘若大坝出了问题，这么大一座水库，可不是闹着玩的。

他拿着图纸，到三门峡水库取经，又到甘肃省东良渠观摩，回来后，吴祖太在南谷洞住下了。天蒙蒙亮时每天只见他背着工具已出发，在工地上爬上爬下，天擦黑了才回来。20天后，他找到马有金：

“坝高没问题，但是坝宽不够，坝基需要加宽60米，坝顶需要加宽2米。”

马有金乐了："英雄所见略同，但我只是感觉，没有任何科学依据。有了你这些数据，我就放心了。"

1959年大旱，杨贵和周绍先从山西平顺回来，县委决定从平顺县引水，10月末通知水利局先期做好选线设计工作。

任务落到了吴祖太头上，他领着勘测队伍出发了。

他将测量队分成了三组，不分昼夜地攀缘在高山峡谷中。

他知道这次任务的分量，在老百姓的眼神中，他读懂了什么叫焦渴。所以，每天的工作就不能以日出而作日落而息来安排了。经常是星星挂满了天空，噢，只有野外才能看到的那种寥廓星空，他们才走上下山的路。宿营了，有时睡在老百姓的土炕上，有时睡在临时搭建的帐篷里。伙伴进入了梦乡，吴祖太还在油灯下整理着测量数据，画渠线的草图。

一天，他们来到了翟峪沟。根据地形，勘测小组设计了一个架设渡槽的方案。晚上，伙伴睡着了，吴祖太拿着设计图反复琢磨，总觉得心里不托底。早晨起来，大家正准备出发，吴祖太说："不中，这里的环境咱们还没有搞清楚，这样不行。"随后，他们找到了当地群众。听说在峪沟中间架设渡槽，老百姓连说不中。一位老人说："前几次山洪暴发，水头正冲着你们画的那个渡槽，你们的渡槽有多大的劲，抗得住山洪冲刷。"听罢，大家出了一身冷汗。心想：好悬啊！若不是祖太问个清楚，将来肯定要出事的。

天冷了，又到了雪花漫天飞舞的时节。吴祖太将渠线设计图摊在了杨贵的办公桌上。杨贵最关心的是，八千分之一的坡度能将水引到林县境内吗?

"祖太，坡度这么小，水流得动吗？"

“我查阅了很多资料，还找了我的老师，老师给我介绍北京的专家，他们都认为这个设计没问题。”

“万一出问题呢？”

吴祖太感到了前所未有的压力。“杨书记，我们再测一次。”

吴祖太带着伙伴们又出发了。

当他再一次出现在杨贵的办公室时，他说“我拿脑袋担保，绝对不会出问题。”

杨贵紧紧握着吴祖太的手，“祖太呀，有了你这句话，我就能睡个安稳觉了。”

设计出图纸，只是工程的上半部分，下半部分要靠施工来完成。

从2月11日红旗渠开工，吴祖太就没日没夜地巡查在工地上。红旗渠就像他的孩子，对，襁褓中的孩子，叫你牵肠挂肚魂不守舍，睡觉时你都恨不得睁开一只眼睛看着他，容不得有半点闪失。

3月28日下午收工时，王家庄隧洞有民工反映，洞壁出现裂缝。吴祖太凭经验知道，这是塌方的前兆。如果马上采取措施，或许有补救的可能。怎么办？有人提议，派两个民工先去探查一下。“不行，有危险。”吴祖太想，这种危险关头，要上就自己上，绝不能把危险推给别人。他随后戴上了安全帽，提着一盏马灯走出了帐篷。

姚村卫生院院长李茂德见状，跟吴祖太说：

“我和你一块去吧。”

吴祖太稍微犹豫了一下：

“好吧，你把安全帽戴上。”

两个人进洞了。吴祖太让民兵连长和几个民工留守在洞口。

不到10分钟，洞里传出“隆隆”沉闷的巨响。

“不好了！”民兵连长大喊一声，带领民工冲进了隧洞。

吴祖太和李茂德被埋在碎石中，殷红的血从石缝儿中流淌出来。

民兵连长哭喊着：“祖太，你不能走，工地不能没有你呀！”

山风呜咽着，这是苍天发出的悲声。

祖太走了，走得那样率性，一如他的为人。在他心里，只有事业，只有工作，只有他人，很少有他自己。他揣着一颗火热的心来到林县，那年他才24岁，正是一展长才的年纪，是林县给了他实现抱负的平台。他在林县水利工程中找到了自我，就像上紧了发条的钟表，每一天他都在与时间赛跑，恨不能长出三头六臂。

去年，大致也就这个时候，新婚不到百天的妻子为救学生壮烈牺牲。巨大的悲痛险些将他击倒，揩干眼泪，他投入了忘我的工作，仿佛只有在工作中，他才能暂时忘掉妻子的一颦一笑，举手投足。自打红旗渠规划以来，他将全部身心投入其中，他要看着它一天天长大，看着红旗渠水翻山过梁，流进万顷田畴，流进老百姓的生活里……

这是他的心愿。

然而，这一切竟成绝响。

中共林县县委追认吴祖太为中共党员。

中华人民共和国内务部追认他为革命烈士。

追悼会后，水利局派出干部，也是吴祖太的好友刘合锁护送吴祖太的灵柩回老家原阳安葬。走进吴家小院，吴祖太年迈的母亲怔怔地看着刘合锁，半晌，生疏的目光有些恍惚了，记忆的风暴刮得昏天黑地，泪水像打开闸门的江水，满世界流淌。

“谁说我儿不在了？这不就是儿吗！”

吴妈妈哭喊着，撕心裂肺。

刘合锁扑通一下跪倒在地。

“娘……娘……”

从此，刘合锁担起了照顾吴祖太双亲的义务。在他心里，这不仅是在替祖太尽孝，更是在替林县人民还一份不了情。

时间来到了1984年。距离吴祖太牺牲已经过去了24年。一天，刘合锁接到了一个陌生的电话。

“我是慧贞的大哥。慧贞和祖太去世已经20多年了，现在还都单着呢……”

“不用说了大哥，我现在就去跟领导汇报。”

水利局局长对刘合锁说：“快去办快去办！要钱有钱，要人有人，要车有车……”

吴祖太和妻子合葬在了一处。

祖太、慧贞，三天婚假刚过，你们俩便劳燕分飞，从此聚少离多，今天，你们终于团聚了。就让飘动的白云为你们跳一支圆舞曲吧，蓝天当房，大地做床，清晨听燕子呢喃，黄昏赏落霞满天……

到过红旗渠青年洞的人都看到了，不远处的山岩上，有一个巨大的人头雕像。有人说像某个领导人，还有人说像杨贵，但林县大多数老百姓更愿意相信，这就是吴祖太。生前他未能看到红旗渠完工的那一天，死后他要在这里为红旗渠站岗，每天目送着一渠清水欢快地流淌。

祖太呀，我们知道，你视红旗渠如生命，甚至远高于你的生命。这里缱绻着你的万千情愫，寄托着你的梦想和追求，跳动着你青春光华不熄的火焰，你为她流尽了最后一滴血。你是林县人民的儿子，红旗渠视你为骄子，你来到这个世界虽然只有短短的27年，但你此生不虚！

天河九曲，唱不尽对你的思念！

3.至今不悔

1960年4月18日，中国人民解放军2696部队接到命令：立即派一架直升机赴林县，接运一名舍己救人的女英雄到河南医学院附属医院继续治疗。

林县。盘阳公社。红旗渠工地医院设在这里。

下午3时许，一架直升机带着巨大的轰鸣声降落在盘阳一块空旷的土地上，早已准备好的医护人员将担架稳稳地抬上了直升机。

就在直升机即将起飞的瞬间，守候在飞机周围的数百群众不约而同地拥向直升机，不知谁喊了一声“毛主席万岁”，顿时，数百双手臂高高举起，毛主席万岁，共产党万岁的口号声从心底迸发出来震耳欲聋……

这是一个英雄辈出的年代，也是一个人们懂得感恩的年代！

直升机呼啸着直冲云霄，渐行渐远……

送行的人们眺望直升机久久不愿散去……

人们用这种方式向英雄致敬！

救人英雄名叫李改云，姚村分指挥部一营营长。

1960年2月16日晌午，一上午的劳动就要收工了，带领大家伙儿干活的李改云直起了腰，猛一抬头，看见半山腰石块松动了，李改云心头一激灵，脱口喊道："山上掉石头了，大家快闪开！"听到李改云呼喊，大伙儿飞快地向四处跑去。这时，16岁小姑娘郭焕珍被这突如其来的情况吓住了，呆呆地站在原地一动不动，说时迟那时快，李改云一个箭步冲过去，用尽全身力气将郭焕珍撞出去好远。

郭焕珍得救了，李改云却被埋在石堆里。

姐妹们奋力扒开石堆，抬上血肉模糊不省人事的李改云往工地医院跑。

初步诊断，大动脉血管破裂，右腿开放性粉碎性骨折。

李改云陷入了深度昏迷。

杨贵闻讯，立即指示县医院：派出最好的医生，马上赶到盘阳，全力抢救。

李改云苏醒过来，看着护理她的姐妹嗫嚅着问道："小郭怎么样了？"姐妹们告诉她："小郭连皮儿都没擦破。"李改云点点头，艰难地笑了。

医生经过会诊，决定给她截肢。

杨贵说："绝对不行！她才24岁，截了肢将来她怎么生活？"

情况汇报到省委领导那里，省委领导亲自打通了空军某部的电话，请空军派一架直升机将李改云接到郑州治疗。

于是，就出现了文章开头的一幕。

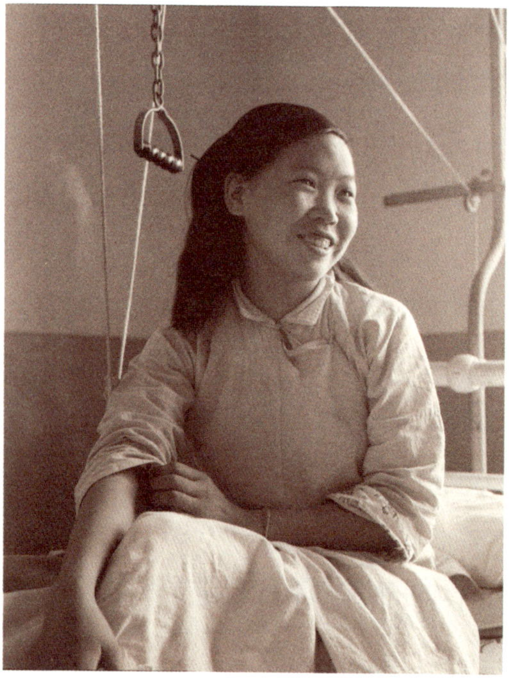

治疗中的李改云（拍摄/魏德忠）

李改云1936年出生在姚村李家岗。1942年河南大旱，林县半年无雨，蝗虫遮天蔽日，把地里的草都吃光了，李改云的父母拽着她，踏上了逃荒之路。

这一逃，就逃到了山西静乐县。

李改云说："逃荒的日子不好过。一路上到处都能看见饿死的人，饿晕的人，饿得走不动的人。有大人，也有小孩。"

"有一天我饿得实在不行，躺在地上不想走了，娘使劲拉起我，拽着我往前走。"

"到了静乐县，家里把我卖了，换了5升粮食。我当时才6岁，第二天我自己悄悄地跑回了家。人家又找过来，俺爹说让孩子吃碗饭吧，吃完了我们再把她送回去。人家看我死活也不回的样子，就说：‘算了吧，把粮食还给俺，这孩子俺不要了。’”

在苦水里泡大的人，才更懂得甜的滋味。

1952年，逃荒10年后，李改云一家回到了家乡。此时的李改云，已经出落成一个大姑娘了。从合作社到生产队，她风风火火处处走在前面，被大家选为妇女主任。

1959年，她到县里参加培训，杨贵给她们作报告。

杨贵说：“咱们林县最大的问题是缺水，最近几年，全县人民出了大力，流了大汗，可还是未能从根本上解决缺水现状。经过实地踏查，县委决定从浊漳河引水，一劳永逸的解决林县水的问题……”

李改云在下面听得热血沸腾。如果有水，全家能出去逃荒要饭10年吗?

这10年，在李改云心灵上打下的痛苦烙印实在是太深了。

她跟大队书记说：“这次引漳入林，一定要让俺去。”

书记说：“你是女的，还是让男的去吧。”

“女的咋了？”李改云的倔劲上来了。“告诉你吧，我这次是去定了。”

水，是林县人民心里共同的一个梦！梦圆时刻即将到来，不为它做点什么，一辈子都会后悔的。

书记拗不过她。把支部副书记派给她做副手。

1960年2月11日，李改云带着200多名妇女走上了工地，被编为姚村公社第一营，李改云被任命为营长。

李改云后来回忆：“刚到工地时，每天晚上都要开会，12点以前没睡过党。当时大伙儿心里都憋着一股劲儿，不知道啥叫累呀！”

“我组织了一个刘胡兰突击队，和男社员打擂台。他们男人能干的活，我们妇女也能干，他们干多少，我们也干多少。后来他们服了，工地总指挥部还发给我们一个奖状。”

说到当时的生活，李改云说：“粮食不够吃，我们就把红薯和红薯秧一起煮了吃。虽说味道差了点，但也比饿着强啊。有时我们去挖些野菜，掺在玉米面里包成菜团子，味道苦了一点，但能填饱肚子。”

说说你受伤的情况吧。

“唉，也没啥说的。”

“当时你不知道会有生命危险吗？”

“我肯定知道。”

“那你为啥还要去救郭焕珍呢？”

“那年我24岁，已经结婚了，丈夫在部队。郭焕珍才16岁，还是个孩子，有个三长两短，将来咋找婆家？再说了，咱是党员，危险时刻，党员不上，党还要你干啥。”

话说完听得人眼眶发热。

质朴的话语后面，是一颗如冰山雪莲般圣洁的灵魂！

英雄从来不是天生的，英雄都需要一个成长的过程。

从小的苦难经历，让她认定了社会主义好，共产党好。在苦水中泡大的她，让她练就了永远不向苦难低头的个性和风风火火的行事风格。入党以后，党的教育让她牢固确立了随时为党和人民的事业献身的心理坐标。

一旦危险来临，便义无反顾地冲上去，成了李改云此时的唯一信念。

1961年初夏，麦浪滚滚，瓜果飘香，中原大地正在从三年困难时期的阴影中走出来，整个社会呈现出勃勃生机。

李运保代表县委到郑州看望李改云。像见到久别的亲人，李改云急切地说：

“李书记，你和医院说说，让俺回家吧。”

“这我可说了不算。”李运保说：“这事情得请示杨书记。”

“总干渠都修到林县了，再不回去，我都快憋死了。”

杨贵在电话里对李运保说：“那就让她回来吧，在咱们县医院继续治疗。”

回到林县的第一件事，李改云拄着双拐来到了红旗渠工地。就像离散多年的女儿突然投身母亲的怀抱，李改云忍不住双泪长流。红旗渠，你的女儿回来了……

太行山谷的风舒缓吹来，拂起了你的长发，飘飘欲飞。你站在夺目的阳光下，周围在阳光照射下蒸腾起薄薄的一层雾，笼罩了你的全身。此时的你，拄着双拐，仿佛一座山尊，屹立在红旗渠旁。

渠水为你欢歌，太行山为你清唱……

李改云救人的第二天，工地总指挥部召开了紧急会议，向工地三万多名民工通报了李改云舍己救人的英雄事迹，号召大家拿出实际行动向英雄学习。

三万多名民工的心被李改云舍己救人的英雄壮举感染着，激动着，数百封请战书、决心书连夜飞向工地总指挥部。

1960年3月18日，中共林县县委发出《关于开展学习共产党员李改云模范事迹的决定》，一个学英雄，做英雄的活动，在林县大地迅速掀起。

红旗渠工程总指挥部将主干渠上的第一座桥命名为“改云桥”。

新乡地委妇联授予“刘胡兰突击队”三八红旗手集体荣誉称号。

1960年5月8日，根据河南省委指示，《河南日报》三位记者到红旗渠工地现场采访李改云的英雄事迹。随后，《河南日报》发表了长篇通讯《党的优秀女儿李改云》，同时发表社论《平凡而灿烂的形象》。李改云的名字在中原大地传播开来。

1966年，李改云被授予“红旗渠特等劳动模范”。

前几年，《河南日报》一位记者看望李改云，看到她一条腿落下了终身残疾，问她：

“你后悔吗？”

“不悔。”

“真的不悔吗？”

“真的不悔。”

“孩子，告诉你吧，我们那一代人，能为别人做点事，就是死了，也是心甘情愿的。”

此番话没有一句豪言壮语，全是从她内心流淌出来的大实话。

一颗伟大圣洁的心灵，就是一座刺破青天的巍峨高山。

中华民族，不就是在无数座这样的高山簇拥下辉煌壮丽！

4.两代人的心愿

俗话说，越缺什么越想什么。林县最缺的是水，所以在林县叫盼水、引水、想水、叫水的名字特别多。像这样孩子一出生就取名买江的，肯定是被水逼疯了。

张买江说，小时候，大人得跑5里多路去挑水，后来5里路也不行了，俺娘就到20多里远的地方去挑水，有一次掉到河里，差一点没淹死。

为一担水，要跑20多里的山路，今天生活在城里的朋友，你能体会那是怎样一种生活的窘迫吗？

所以，听说修渠，而且这渠水能从门前流过，南山村的父老乡亲就甭提有多高兴了。就像干热的风里突然有了一丝潮湿的瞬间，大地混合着冒出一股泥土的味道，大家的眼里，企盼着一片希望的光芒。

张买江的父亲张运仁率先报名，2月11日随大队人马到了工地上。张运仁小时候念过几天书，是村里的“文化人”，到了工地上，他被任命为排长，是全村民工的领头人。

你想想，怀揣着希望和梦想而来，那是怎样的一种干法？什么脏活累活苦活险活，统统不在话下。三月初来了一场寒流，气温陡降了10摄氏度，张运仁睡在帐篷门口，晚上不停地起身拉紧被风吹开的门帘。他想：“叫俺当排长，俺就要处处以身作则。”

4月29日，对于张家来说，是一个阴森冰冷到令人窒息的日子。

傍晚快收工了，还有最后几个炮眼，张运仁一边安排炮手点炮，一边招呼大家后撤，他走在最后边。谁也没想到，一块石头竟飞出了安全区，砸在了他的头上。

他顿时倒在血泊中。

伙伴们千万声呼唤也未能将他唤醒。

张运仁，你揣着一个美丽的梦来到红旗渠工地，一想到把水引回去，夜里你常被自己笑醒。是啊，到那时，老婆再也不用跑20里山路去挑水了……

梦想的翅膀突然折断了。

那一年，他的儿子张买江年仅12岁。

一夜之间，张买江说："我长大了。"他扶着娘簌簌发抖的双肩说："娘，别怕，家里有我呢。"

娘抹去了眼泪："儿啊，你爹的心愿未了啊！"

蓦然，一个愿望在张买江的心里疯狂生长。

我也要上红旗渠，接俺爹的班。

转过年，张买江13岁了。娘牵着他的手，把他送到工地上。

队长说："孩他娘，这娃太小，你不挂念？"

"不挂念！"

话虽这么说，娘的眼神还是一下黯淡了下来，流露出一丝不易察觉的怅惘。

"看着他爹的脸面，你们收下他吧。"买江母亲摆出一副坚决的样子。

几个干部合计了一下："中啊，留下吧，俺们好生照应他。"

临行，娘摸着买江的头："儿啊，娘把你送到工地上，就是想叫你把水引回来。你如果不把水引回来，就别回来见娘。"

"把水带回来！"娘丢下的这句话，像春天炸响的第一声惊雷，在张买江心头滚来滚去隆隆作响，成了他在红旗渠9年唯一的心愿。

这是心灵对心灵的呼唤。冥冥之中他感到有一双眼睛始终注视着他，这是父亲的眼睛，眼神里全是不甘。"爹，您就放心吧，您未了的心愿，儿子一定替你去实现！"

张买江成了工地上年龄最小的民工。

看他长得瘦小，干部们分配他捻钻。就是把磨秃的钢钎送到铁匠铺回炉，重新打磨锋利了，他再给背回来。活虽然不重，但每天要跑的路可不少，娘给做的鞋半个月就磨破了，干脆不穿鞋了，他经常光着脚在工地上跑，脚被划出了一道道口子，结了痂过几天又划破了。这对于今天的孩子来说，简直是很难想象，但对于张买江来说，也只能如此了，因为娘做双鞋太不容易了。

张买江觉得，整天背着个钢钎跑来跑去，没劲。他想当炮手，于是他找到了一位点炮的师傅。师傅一听连连摆手：

"不中不中，你爹就是点炮没的，我咋还敢让你学这个？"

"叔，你就教俺吧，俺会小心着呢。"

"小心也不行，这是危险活，万一出了事咋办？"说完，师傅头也不回走了。

看来明着学不行，那就偷着学吧。张买江随时随地用眼睛瞄着师傅，哪怕一个细小的动作，他也记在心里。午饭时他经常将省下的半个玉米饼子塞给师傅，师傅说："臭小子，打溜须也不行，这不是你干的活。"话虽这么说，但师傅的眼神明显柔软了下来。

张买江跟在师傅后面，看着他咋装药，咋安雷管，咋插上导火线，咋放炮，渐渐地他心里有底了。他跟师傅说：“今天让俺试试吧，要是真不中，今后俺就再也不想这事了。”

“唉，你别说，这一试还真中了！当时心里那个乐呀”。从此，张买江成了工地上的小炮手。

“除了放炮，平时你还干啥？”记者问他。

“啥都干，领导让干啥就干啥，手脚一刻没闲过。”

“有一次，领导让俺给伙房背水，那年俺才14岁，穆青问俺这桶水多少斤？俺说不知道，伙房用秤给称了一下，总共129斤。穆青说，你真是个小老虎，从此‘小老虎’这个外号在工地上就叫开了。”

“你知道穆青是干啥的吗？”

“当时不知道，后来才听说是新华社的领导。”

记者继续问他：“你在红旗渠干了几年？”

“一共干了9年，自上红旗渠，我就没下去过，别人可能还轮换着上渠，我没有，我一直干到红旗渠工程全部结束，把那些斗渠毛渠全部修完，才彻底离开红旗渠。”

“领导没说过让你下去吗？”

“说过许多次。但我觉得我是替俺爹来完成心愿的，红旗渠一天不建成，俺就一天不能下去。”

“再问你一个问题，那些年很苦吗？”

“苦肯定是苦。有一次，我的脚被圪针扎得直流鲜血，肿得像个馒头，那真是钻心的疼啊，就那样我也没吭一声。抬石头把俺一侧的肩膀压歪了，两个肩膀一个高一个低，有些上级领导来视察，看到了直掉眼泪。”

“那些年你一直当炮手吗？”

“那些年我把工地上所有的工种几乎都干遍了，什么铁匠、石匠、瓦匠、钻眼、放炮，我都会，需要我干什么我就干什么。……”

九年，从人生的角度来说，肯定不是一个短时期。如果不是心里有一团火，而且这团火从来不曾熄灭过，对于一个13岁的孩子来了说，在那样极端艰苦的环境下，别说坚持9年，就是坚持9个月，甚至9天，都不是一件容易的事。

可是张买江做到了。

九年，他完成了从13岁懵懂少年到一个男子汉的蜕变。

张买江（拍摄/李俊生）

红旗渠，你不仅成就了张买江父子穿越时空的梦想，也让张买江将父亲的心愿与自己的青春年华珠联璧合，毫无保留地献给了红旗渠。

滔滔奔流的红旗渠水，在你永久的成像中，一定叠印着张买江少年奔跑的身影吧！虽然有些瘦削单薄，但他将全部的身心投向了红旗渠，结结实实地印证了，人的生命不止有一回！

1966年春天的脚步格外响亮，冬天的冰雪早就被埋葬在深深的泥土里，红旗渠迎来了三大干渠放水的日子。

4月20日，随着杨贵一声开闸放水，红旗渠水闪耀着粼粼波光，澎湃着在林县大地上任性地流淌。张买江胸前挂着特等劳动模范的大红花，兴冲冲地回到家里。

“娘，我把水给你带回来了！”

娘怔怔地看着他，眼泪突然像春天的雨水，不断线地流了下来。

这是憋在娘心底太久太久欢喜的泪。

入夜了。买江娘只身一人来到渠边，一个声音在心里呼喊着，她要把九年的含辛茹苦，九年的孤独和痛楚都喊出来。

“运仁，你睁开眼好好看一看吧，你的儿把水引回来了……”

远山近黛若隐若现，夜风传回了山的心音。

月亮像一个懂事的乖乖女，静静地挂在天上，丝绸般光滑的月光铺满了一渠，买江娘在渠边整整坐了一宿。

她的心澄明辽阔如同这广大无边的静夜。

5.关键时刻

苦干，已经成了红旗渠的名片，激情四射地活跃在每一位民工心里。

脏活、累活、重活、险活抢着干，利用休息时间偷着干，隐瞒伤情病情坚持干，党员与群众争着干。作为人间奇迹的红旗渠，正是林县人民苦干10年干出来的。

1962年隆冬，采桑公社将工程推进到盘阳洞。这是一个长约250米的隧洞，刚刚凿进去不到40米，便发生了塌方，坠落的石块将洞口塞满了。

郭增堂，采桑公社指挥部指挥长（红旗渠工地年龄最大的指挥长之一），听到消息后急忙赶到塌方现场。看到大家惊恐的眼神，他说："党考验我们的时候到了，所有的党员和干部，在这个关键时刻都要勇敢地站出来，冲到第一线。"

第二天一早，由30多各组成的党员干部突击队冲进了盘阳洞。

当然也不是蛮干。郭增堂叫人找来了一些木杆支在洞壁上，同时安排了几个人盯住石壁，发现异常立即招呼大家撤离。

郭增堂冲在最前面。他脱掉了棉衣棉帽，只穿着一件衬衫，完全是一副拼命的样子。他知道这个时候，喊破嗓子不如干出样子，你只要冲在最前面，后边就会有人跟上来。

他做好了随时牺牲的准备。

榜样的力量是无穷的，大家受到了一种无所畏惧舍我其谁情绪的感染。全体突击队员紧随其后，没有一个人说话，也没有一个人掉队，大家互相传递着勇气和力量，忘记了害怕的同时将可能塌方的情况抛到了九霄云外。

30多人争先恐后地干着，不消几日，160立方米的碎石被清理干净。

郭增堂说："人是要有精神的，首先是不怕牺牲的精神，死都不怕，还有什么困难能吓倒我们！"

在这之前，也就是塌方的当时，有些人提出，咱们还是把隧洞改成明渠吧。郭增堂说：

"绝对不行，修明渠就要占农田，还要砍树，更主要的是延长了工期，增大了工程费用，红旗渠拖不起呀！"

有些生产队干部说："继续干太危险了，出了人命咋整？"

郭增堂瞧瞧大家，表情刚毅："大家别怕，最危险的地方由我来上！"

越是危险的地方，越能彰显领导干部的人格力量，同时越能将这种人格力量转化成冲锋的巨大势能。只要领导干部在危险时刻能冲在最前面，大家自然就会跟着你一直往前冲，战场上如此，工地上也是这样。

明窑烧石灰，有一个活儿比较危险，在窑顶上铺煤。因为容易引起煤气中毒，郭增堂说："这活儿我来。"一个小时过去了，两个小时过去了，郭增堂告诉自己，坚持就是胜利，可是，渐渐地他有些坚持不住了，眼前一黑晕了过去。

马有金批评他："你是指挥员，要在自己的岗位上。"

郭增堂说："越是指挥员越应该出现在最危险的地方，老百姓看着我们呢，我们不上，谁上？"

马有金默默地看了郭增堂片刻，突然紧紧地握住郭增堂的双手，使劲摇晃了两下。

啥也不用说了，干事人的心永远是相通的。

像郭增堂这样玩命的，在红旗渠工地大有人在。

常根虎，爆破能手，红旗渠特等劳动模范。红旗渠开工不久，他从南谷洞水库调到了红旗渠工地。一天，姚村民兵营长郭百锁对他说：

“根虎，现在修这个空心坝，需要一万多立方米石料，你帮我想想，这石料咋整。”

“我到附近这几座山上瞧瞧，看看哪儿的石料合适。”

爬了两座小山，石头的质量都不行，看来只有攀南面最高的石壁了。

石壁立陡立陡，咋往上爬呀?

常根虎脱掉了棉衣鞋袜，只见他脚趾踩蹬着石缝儿，双手紧扣着岩石，一点一点向上爬，40多分钟，才爬到了崭顶。

站在崖下的人们此时才长舒了一口气。

“太吓人了，借我俩胆儿也不敢爬呀。”站在旁边的社员说话时还心有余悸。

熟悉常根虎的人说：“这小子是属猴的，没有他不敢爬的地方。”

常根虎在崭顶冲郭百锁喊话：“营长，这儿的石料中啊。”

郭百锁没太听清楚常根虎喊的什么，他让大伙儿一块喊：“你快下来吧！”

常根虎下来后告诉营长，他在崭上发现了一条大石缝儿，在这个石缝中打一个10多米深的拐弯炮眼，填上足够的炸药，只需一炮，就能解决全部用料。

锁在郭百锁心头的疙瘩解开了。

说干就干，常根虎领着几个伙计上了崭。几个人在上边放绳，常根虎下去打炮眼，开始两天，一切尚且顺利，第三天，常根虎刚下到一半，主绳咔嚓一下断了，常根虎一下子坠下去20多米，胳膊划出一条大口子，鲜血直流。好在还有一条副绳没被磨断，保住了常根虎的命。

放绳的伙伴吓傻了，半晌才喊：

“常根虎……常根虎……”

常根虎回应：“把我拉上去吧……”

修渠民工在这陡峭、几乎无立足之地的悬崖上打炮眼（提供/周锐常）

回到崭顶，包扎完伤口，常根虎说：“换根主绳，我还得下去。”

伙伴们说：“今天不行，明天再下吧。”

“不中，工程等着用料呢。”说完他将吊绳系好，一个翻身荡了下去……

一个13米深的拐弯大炮眼打好了，填进去炸药750公斤，煤粉500公斤，常根虎把炮口封了个结结实实。

随着轰隆隆一声巨响，半座山被削了下来。

初步估算，石料多达一万一千多立方米。

常根虎一炮成名，“常根虎，不简单，一炮崩下半架山”从此，常根虎的威名在红旗渠传扬开来。

爆破能手常根虎（拍摄/魏德忠）

危险平时离我们很远，因此并不经常被我们放在心上。可是，一旦危险就在我们身边，或者我们主动迎着危险走去，你准备好了吗？

红旗渠的建设者们经历了太多的危险，也可以说红旗渠就是在险象环生中长大的。像任羊成、李改云、郭增堂、常根虎、王师存……还有很多很多人，他们哪个不是视死如归、九死一生的英雄？

他们置生死度外的从容，让红旗渠不仅成了物理意义上的人工天河，更使它从一开始便具有了一股摄人心魄的浩荡乾坤英雄气。有了这股英雄气的氤氲，人们便可力拔山兮气盖世，横扫千军如卷席，踏平坎坷成大道，斗罢艰险又出发……

第六章
他们不是绿叶

人民，是最大的复数，也是最大的抽象。

具体到个人，则马上变得形象起来，鲜活起来，生动起来，有血有肉起来。或大道之行，埋头苦干，拼命硬干，舍身许国；或自私自利，助纣为虐，尸位素餐，蝇营狗苟。人生因取向不同而变得有如云泥，人生的道路也由此殊途两分。

在红旗渠，你看到了什么？

一座硕大无比的英雄群体雕像。

一排写满了英雄名字的长墙。

1.一眼望不到尽头的社员队伍

1960年2月11日早晨，夜色还没有完全褪去，一轮满月散发着清冷的余晖斜挂在天上。平日里寂静的路上，逐渐喧闹起来，一队队人影从黑暗中走来，踢踢踏踏的脚步声由远而近越来越大，顷刻间已经嘭嘭作响震颤窗棂了。

踊跃参加“引漳入林”的红旗渠工程的民工

昨天晚上，林县引漳入林总指挥部召开全县广播誓师大会。林县大地即刻沸腾了，这是一个不眠的夜晚，人们的热情轰轰烈烈地燃烧着。是的，在这激动人心的时刻，有谁能睡得着呢？

所有上渠的民工按照营连排建制，向公社所在地集中，月在中天的时候，路途远些的公社已经开始向指定位置进发了。

城关公社武装部干事王朝文说："从北关吊桥往南一瞧，只见大队人马一拨接着一拨从南面开了过来，也看不清是哪个村的，无论男女，都带着衣被、工具和干粮。有的推着独轮车，有的推着双轮车，还有的坐着马车，但大多数人是步行。尽管临淇、茶店、合涧、小店等县城南边公社的社员已经走得筋疲力尽了，但大家依然有说有笑，完全忘记了长途跋涉的疲劳。"

王朝文是凌晨两点接到通知上渠的。当时他正在给各生产大队打电话，统计上渠的人数。公社组织委员进屋告诉他明天上渠，王朝文二话没说，立即打点行装，天不亮就随着大队人马出发了。

河南日报记者后来采访他："当时家里人知道你上渠吗？"

"不知道。当时也没办法和他们联系，上渠一段时间后，我才写信告诉他们。"

"听说你们刚刚结婚？"

"是的，结婚才两个月。"王朝文看出记者有些愕然，说道：

"当时听说修红旗渠，人们那是打心眼往外地高兴啊。人往前走，苦才后退，我们今天去修渠，苦是苦了点，但今天的苦是为了子孙后代不受苦，想到这些，还有什么苦我们不能承受呢？"

听到这里，你是不是有一种心潮逐浪的感觉。任何一项伟业，最深厚的基础一定存在于人民群众之中，人民群众的理解，才是真正的理解，人民群众的支持，则是最大的支持。毛泽东说，共产党没有任何私利，人民的利益就是共产党利益的全部，如果失去了人民的理解、人民的支持，那会是一种什么结果？

想得到正确的答案吗？那就请到红旗渠来吧。

当年上渠，生产队派到谁谁就去，没有任何人讲条件。段银莲老人说："我们小队出了4个人，两男两女。和我一同去的女同志是个小脚，她走得比较慢，我得照应着她，一天也就走几十里路。当时行李和干粮都是自己背着，走到天黑找个地方打开铺盖就睡，天亮了卷起行李就走，一心就想着赶快到工地上干活。"

"你问为啥这么着急？"段银莲停顿了一下，眼里泛出光来，思绪又把她带回到那个像露珠般晶莹的岁月。"因为大家等水已经等不及了，就盼着早一天让渠水流到自己的家乡。所以干活都是自觉的，可着自己的力气干，没有谁偷奸耍滑。"

我要干和要我干是不一样的，一则主动，一则被动，结果有如云泥天壤。段银莲刚到红旗渠工地时，领导分配她抬石头，她说："当时和男社员一样干，他们抬多少，我们也抬多少，不知道啥叫累呀！"

累肯定是累的，能不累吗，把肩膀都压肿了。可是，当你心里有一团火，你就好比被蒸汽鼓荡满满的机车，浑身都是劲，这恐怕就是那个生产工具非常落后的年代却能创造出奇迹的原因吧。

61岁的赵连生，听说修红旗渠，到生产队报名，大队干部说："你年纪大了，还是叫年轻人去吧。"

赵连生不服气："年纪大咋了？黄忠上了岁数还能拉一百斤大弓，我这把老骨头就是化了，也要把它变成一渠清水带回来。”

赵连生随着队伍上渠了，成了红旗渠上屈指可数的老将之一。

李天福修英雄渠时负伤了，在医院听到“引漳入林动员令”，马上要求出院。大夫说：“你的伤还未完全好呢。”李天福说：“我到渠上，干不动重活可以干轻活，再这样天天躺在医院里，早晚得憋出心病来。”

像赵连生、李天福这样主动要求上渠的，在当时不计其数。难道他们不知道工地活重，生活苦吗？肯定知道的。红旗渠在他们心里，不仅是一项工程，更像是一个图腾，让你在心里时刻翻涌着为之献身的冲动。

2月11日傍晚，城关公社大屯和刘家街两个连的民工来到了林县和山西平顺交界的河口村。出乎意料的是，整个村子已经被先到的民工住满了，连牲口棚里都是人，没办法他们只好后退三里，到漳河南边的石岩根下扎营。

深山石崖下安营扎寨（拍摄/魏德忠）

所谓扎营就是露宿。天当房，石板当床，割点草往石板上一铺，大家想想，大冬天的，能有多少干草，也就象征性铺了薄薄的一层。住的问题总算解决了，可走了一天了，真是又饥又渴呀。烧点水喝吧，做饭是不可能了，没有锅灶，大伙儿只能啃又冷又硬的干粮了。

第二天，砍来几根木杆，两个连队靠着山崖各支起一座草棚，男的睡一边，女的睡一边，中间用一对夫妻隔开。虽然遮住点风了，可寒气使劲往被窝里钻，经常睡到半夜，大家就被冻醒了，许多人只能裹着棉被，坐在冰凉的铺上等待天明。

刚到红旗渠工地的头几天，像这样在寒夜里枯坐到天明的大有人在。林县4中的400多名师生，2月21日清晨从学校出发赶往任村工地，到工地后传来消息，运行李的马车半道上坏了。这可咋办？大冷的天，没有被褥，咋个睡法？干脆背靠背坐着睡吧，但也不能睡太死，容易冻坏了身体。

校长和老师们则一夜未眠，发现哪个同学不舒服，他们好赶紧想办法呀。

继4中师生参加红旗渠劳动后，3月7日，林县6300名师生响应县委号召，浩浩荡荡开赴红旗渠工地。他们和大人一起“抢晴天，战雨天，小风小雪是好天，汽灯底下是白天，争取一天当两天。”后来到濮阳工作的常全生老人回忆：“虽然渠上只有短短两个月时间，但让我们真真切切地感受到了什么叫自力更生，艰苦奋斗。每当遇到困难的时候，想一想那些修渠的人，就像李玉和唱的‘有了这碗酒垫底，什么酒我全能对付’……”

是的，我们要感谢红旗渠，它让“自力更生，艰苦奋斗”这八个金光闪闪的大字，在孩子们年轻的心里扎下了根。虽然后来他们中的一些人离开了林县，星散到全国各地，但红旗渠就像慈母手中线一样，不管走到哪里，都是他们心中最深切的执念。

2.谁说女子不如男

1960年的春天，与往年并无什么特别，依然伸着长长的脖子，不肯把料峭的寒意甩到泥土里去。

可是在火星四溅的红旗渠工地，人们的热情已经顶破了温度计的极限，号子声震耳欲聋，挑战书贴满了工地。

在这些挑战书中，有一批挑战书格外引人注目。

“日战太阳黑战星，引漳入林建奇功，五一不把漳水通，白头到老婚不成。”这是茶店公社七姐妹突击队的挑战书。够狠的呀，把眼前目标和自己的终身大事捆在了一起。

为了具体挑战对象，她们直接冲着姜明生男子突击去了。“决心意志坚，干劲赛过男，钎锤是武器，钻透太行山，五一引漳水，提到四一前，如不敢应战，就是废石蛋。”

是不是有一种咄咄逼人的味道？

同时也断了自己的退路，下面的事情就是和男人们硬扛了。

一个月下来，基本打了个平手。男人说：“她们都疯了，俺们遇上了一帮不要命的疯女。”

是的。男人收工了，晚上她们顶着星月，还要再干两三个小时。

队长张先琴说：“累得实在不行了，晚上躺在被窝里偷偷掉两滴眼泪，第二天接着干。”

说得云淡风轻，其实是在玩命。

没有前人的负重前行，哪有今天的岁月丰盈？

让我们继续看挑战书。

战斗在鸡冠山的郝秀兰和赵玉琴发起了对手赛。郝秀兰的挑战书是：“秀兰十九春，修渠树雄心，五一不通水，誓死不回村。”赵玉琴的应战书是：“谁英雄，谁好汉，明天战场比比看。如果我要输给你，情愿三天不吃饭。”

话语中都冒着火星。

比武开始了，郝秀兰扔掉了平日用的柳筐改成了独轮车，赵玉琴干脆将男人用的大筐挑在肩上。一上午，郝秀兰略占上风，赵玉琴一看，到伙房领了一个黑面饼子，一边挑土一边吃，下午收工时，两人打了个平手，超过定额一倍还多。

那是一个火热的年代。年轻人的心被激情燃烧着，浑圆的汗珠在阳光照耀下放射出七彩的光。这哪里是汗珠啊，这分明是理想信念，是一颗怦然跳动的心在呐喊在奔跑。

郑凤仙来了——这个千家岗女子民兵连连长领着娘子军们上渠来了。

刚放下行李，她问姐妹们：“大家说说，咱们咋个干法？”

有的说：“好好干呗。”

“不中，关键是咋个好好干？”

郑凤仙看大家都不言语，便说，“咱要把修渠当作给咱家孩子絮棉袄，要用心去干，把心用上，咱才有劲。”

大家的心明亮了。

抡锤扶钎，对这些用惯了针线的女子来说，是新媳妇上轿——头一回。抡锤的一天下来，胳膊肿了，滚烫滚烫。扶钎的更惨，手被砸肿了，还渗着血。

“这可不中。”郑凤仙找来了使锤高手来传授经验。

“眼盯准，手要稳，脚蹬住，腰用劲。”经过一番教授，姑娘们渐渐心里有了底，大锤再也砸不到同伴手上了。

郑凤仙心想，组织上把这几十号人交给你，咋个带法？关键是你要做

谁说女子不如男？！工地上的姑娘们和男同志一样干活，而且还展开擂台赛，一比高下（提供/周锐常）

出样子。姐妹们不是看你说的咋样，而是看你干的咋样。

郑凤仙操起了八磅大锤，那真是一个重啊。一锤，两锤，没抡到第十锤，胳膊已经抬不起来了。人就是这样，如果这时候放弃了，这就是你的生理极限，如果坚持下去，你就会看到一轮喷薄的日出。一周后，她居然一天能抡100下了，大家为她欢呼，可她觉得这还不是自己想要的，还要再加一把劲儿，20天后，她已经运斤成风，一天可以抡300下了。

这可能是女子抡锤的一个极限数字，虽然没有人做过样本统计。许多男民工听说后直咂巴嘴，从此，“铁大嫂”在工地上叫响了，再后来，“大”字被换掉，姐妹们管她叫铁嫂，男民工叫她老铁，还有调皮的男民工喊她大老铁。不管叫她啥，她都乐呵呵地应着：“唉，叫啥都中，那不就是个符号吗。”

已经看到了曙光，后沟渠段的工程到了收尾阶段，放完最后这排炮，就要转移阵地了。郑凤仙带着几个姐妹点燃导火索后迅速撤离，这时，本应最后爆炸的炮洞提前爆炸，一个小姑娘顿时懵了，转身往回跑去。

“危险，快趴下！”郑凤仙大喊着扑了过去，把小姑娘压在身下。

炮响了。碎石飞过来，砸中了郑凤仙的眼眶。

在医院昏迷了两天，摘除了一只眼球。

一个多月后，郑凤仙出院了。

公社领导说：“我们送你回家养伤。”

“不中，啥时候渠水流到俺村，俺啥时候回家。”

斩钉截铁，没有商量的余地。

郑凤仙又回到了岗位上。一只眼睛抡不了锤了，她就抬石背石，依然是风风火火，疾步如飞。

就这样，郑凤仙在渠上又干了三年。

1966年，清洌的渠水流进了村。

把渠水捧在手里那一刻，郑凤仙止不住滴落的泪水与这渠水溶在了一起。一千多个日夜，所有的付出，所有的血水和汗水，在这枫丹露白的季节有了回报。

静静流淌的渠水，在她心里像开冰的黄河訇然作响。

此刻的泪，酥软而又畅快！

那年上渠，李泉珍16岁，初中刚毕业。

娘送她到门口："渠上苦啊，干不动就回来。"

"别人干得，俺就干得。"撂下这句话，李泉珍转身走出了家门。

夺丰渡槽才开工，这是二干渠最长的渡槽，设计全长413米，宽4米，高14米，总指挥部要求必须建成优质工程。

连长看她人长得小，让她给大工递石料。李泉珍说："连长，让俺去推沙吧。"

"独轮车你使过？"

"没有。"

"没使过你推什么沙。"

"连长，你也不是天生就会的，一回生两回熟吗。"

"一趟二十多里路，一天跑四趟，你顶得住？"

"绝对顶得住。"

连长心里想，就让她试一天吧，推不动她就死心了。

第二天，李泉珍推着独轮车上路了。万事开头难，推车到了她手里，就像一个醉汉，东倒西歪，没等装上沙子，汗水已经把衣服湿透了。

她遇到了前所未有的挑战，等她推完第三趟，别人已经完活了。

连长说："明天还去递料吧。"李泉珍一声没吭，推起小车又出发了。

月亮，山风，大颗的汗珠……一个念头在心里一遍又一遍地呼喊着，"挺住，一定要挺住啊……"

完成了一天的定额，浑身就像散架了一般。

脚步追赶着日升月落，渐渐地独轮车在李泉珍手里，已经如同变形金刚一般得心应手了。上坡时，身体弯成了一架弓，独轮车就像搭在弓上的箭，浑身的劲用在腿上，噔噔噔，一公里的上坡路，嗖嗖几下就跑了上去。有一天，马有金远远看到了，问公社负责人："推车的是谁？"

"李泉珍，今年才16岁。"

"工地上又出来一个铁姑娘！"马有金忍不住地赞叹。

公社几位负责人一合计，干脆吧，马上组织一个"铁姑娘突击队"，让李泉珍当队长。

在红旗渠工地，铁姑娘突击队有几十个。她们是朝阳，是疾风，是骤雨，是工地上绚烂的玫瑰，是劈向岩石的利刃，是刺破青天的长矛。她们还是嘹亮的军号，永远奔跑的身影，射向远方的响箭。在她们心里，青春只有铿锵地绽放，才算得上无愧无悔的人生。

李泉珍领着姐妹们开始突击了。不过这回不是运沙子，而是搅拌水泥。把小山一样堆起的水泥搅拌成泥浆，首先需要水，开始时，姑娘们一天只能挑30担，这不行啊，供不上用呀，李泉珍带头加快速度，一路小跑，两个大水桶压在肩上，疼得往肉里钻，一天下来，肩膀肿起来了。

“姐妹们，忍得住吗？”

“忍得住！”

继续上路。李泉珍脚步更快了，有一天，她竟挑了88担水，比男突击队员还多挑了8担。

奇迹吗？应该是吧。可我们想过吗，在这奇迹的背后，该是怎样的付出。

李泉珍，她才16岁呀，还不能算是成年人。她讲不出太多的道理，但她知道，浊漳河的水，已经流到林县了，林县老百姓千百年来梦圆时刻就在眼前。她把这个梦实实在在装进了水桶里，多挑一桶水，就为圆梦多尽了一份心，就会让圆梦时刻早来到一分钟。

心中有梦，人生才会出彩！

李玉姝永远记得那个黑色的日子。

1960年8月16日，连长吩咐她将一个半截的炮眼再往深里打一打，哪承想炮眼里有一个雷管，当她握住钢钎一锤下去，轰隆一声巨响，她便失去了知觉。

醒来，她躺在医院的床上。浑身缠着纱布，轻轻动弹一下都似撕裂般的疼痛。她下意识地看了一下右手，像被电猛击了一下让她惊叫起来，“手，我的手。”

护理她的姐妹眼泪滚落下来。

哦，她明白了，右手没了。

那年，她20岁，正是如花似玉的年纪。

出院后，工地派人把她送回家里。

10年前，有两位年轻的河南日报女记者来看她，未等她讲完，两位女记者已经潸然泪下。

“大娘，你没想要工伤吗？”

“要啥工伤。国家这么大不容易，个人吃点苦不算啥。”

“你这哪是吃点苦，你是红旗渠的大功臣啊！”

“可不敢这么说，想想那些牺牲的同志，他们才是英雄。”

当年，她刚结婚就上渠了。几十年来，她靠一只手伺候公婆，带大了一双儿女，其中的艰难和不易，只有她自己最清楚。好在这一切都过去了，生活没有将她压垮，反而让她身板硬朗，动作麻利，完全不像一个70多岁的老人。

范土芹上渠时，孩子才8个月，正在吃奶。

她对婆婆说：“大伙儿都到渠上去了，我也想去，你看中不？”

“有啥不中，把孩子放家里，我给你带着。”

范土芹有了主心骨，到队里报上了名。

出发了。范土芹一直叮嘱自己，“一定要高高兴兴地走，不能掉眼泪。”可是，当看到婆婆抱着儿子来送行，热泪涌出了眼眶……

她赶紧转过身，咬着牙不看儿子，她真害怕最后一刻自己改变了主意。

跟随修渠的队伍来到山西平顺县白杨坡村，范土芹和她的十来个伙伴被安排住在一户老乡家的旧驴圈里。走了一天的路，早已筋疲力尽，大家倒头便睡。可能是出于一个母亲的天性，隐隐约约地听到婴儿的哭声，范土芹立马精神起来，侧耳细听，是房东屋里传出来的声音。范土芹又躺下了，可是哭声不止，她想起了自己8个月的儿子，无论如何也睡不着了，便起身来到房东屋里。

房东大娘40多岁，正抱着一个襁褓中的男孩在屋里团团转。

“这孩子咋了？”

“孩他娘死了，我刚抱过来，饿的。”

范土芹解开了衣襟：“把孩子给我，我喂他。”

大娘布满愁戚的眼里顿时放出光来。

从此，范土芹成了孩子的奶娘。白天在工地上干活，中午和晚上收工第一件事先给孩子喂奶，半夜再起来喂一遍。源源不断的奶水让原已瘦得皮包骨的孩子，脸色开始红润起来，粉嘟嘟的小脸像挂在枝头的苹果。大娘逢人便说：“俺这是哪辈子修来的福哟，若不是碰上土芹，这孩子可咋活呀！”

红旗渠工地的领导专程来看她。

“土芹，你为林平两县人民群众的友谊，做了一件功德无量的好事呀！”

“这不算事，别人也会这么做的。”

天下所有的善举，一定是发自内心的平常。

大爱不需要回报。

50多年过去了。岁月让风华正茂的范土芹走进了耄耋之年。这么多年来，她一直有一个心愿，再回一趟白杨坡村，看看她奶过的毛毛。

2015年初秋，范土芹一边与记者聊着，一边不时瞧一眼窗外正在坠落的夕阳，脸上浮现出若有所思的神情。

“唉，不知这孩子怎么样了？该当爷爷了吧……”

下面这张照片，是《河南日报》著名摄影记者魏德忠1963年在红旗渠工地抓拍的。排在最右边的叫张相云，依次是刘爱莲、张巧真、张爱田，她们都是工地上的铁姑娘。

看到张相云肩上的铁环了吧，那是抬石料用的挂钩，刘爱莲肩上的木棍叫小扛，没经过加工，完全是一副原始的模样。当年她们那样年轻，披着阳光走进青春的甬道，健硕的体魄见证着劳动之美，青春之美，健康之美。是的，只有劳动的快乐才能让人笑得那么朴实自然，那样放声开怀，那样真纯美好！

无数和她们年龄相仿的年轻姑娘，把朝露般的青春留在了红旗渠，留

工地“铁姑娘”（拍摄/魏德忠）

在了锤声叮当炮声隆隆的工地上，苦着累着哭着笑着承担着付出着，那是一段令人永生难忘的青葱岁月，有了这段经历，人生的底色就被涂上了厚重的油彩，从此不再轻飘。

3.伙头军

“都这把年纪了，上渠你能干啥？”说话的人是辛山林的老伴儿。

辛山林是谁你可能不知道，但要说起电影《英雄儿女》里用一根扁担俘虏两个美国大兵的志愿军炊事员，你该不会陌生吧，它的原型就是辛山林。

公社和大队干部知道他在解放战争和抗美援朝战争中受过伤，立过功，是人民的功臣，劝他不要去了。大队长说：

“上渠比在家苦，你就不要去了。”大队长的意思是，比这更大的苦你早就受过了，这次就免了吧。

辛山林坚决不肯，“修渠是造福子孙后代的事，我咋能落后！”

当年参加淮海战役，他所在的连队死伤大半，身为炊事员的辛山林也端起枪上了阵地。炮弹呼啸着飞来，一块弹片钻进他的右肋，鲜血将他的棉衣棉裤全部洇湿了。

他被担架抬下阵地的时候，成群结队的国民党俘虏兵从担架两旁路过，他心头一阵激动。

“我们胜利了，我们胜利了！”他心中一遍遍地默念着，随后又昏了过去。

1951年春夏之交，中国人民志愿军发起了第五次战役，一天，他往阵地上送饭，发现两个美国大兵躲在一块巨石后面，他大喝一声：“缴枪不杀！”惊魂未定的美国兵吓得举起了双手。战后辛山林荣立二等功。

听说马上要开工建设“引漳入林”工程，而且工程完成后，“渠道网山头，清水遍地流，旱地稻花香，荒山果树沟，崖头建电站，夜晚明如昼”。他活心了，军人的血性直往上涌，大战在即，岂有战士不上战场的道理!

公社领导拗不过他，安排他当食堂管理员。他说：“俺就当炊事员吧，这是俺的老本行，得心应手。管理员那个不中，俺不识字，记不了账。”

那个年代，炊事员也不好干。为啥？巧妇难为无米之炊呗。

一个月每人三四两油，一年也吃不上两顿肉，虽然加上工地补助的粮食能吃到一斤二两左右，但那可是重体力劳动哟，每天不到饭晌，民工们早已饥肠辘辘了。

怎样才能让大家伙儿尽量吃饱，这让辛山林费尽了心思。早晨天不亮他就起来给大家做饭，大伙儿上工了，他背个筐去山上采野菜，下午再去采一筐，将这些野菜掺和到玉米面里，做成菜团子，或者和小米一起煮了，做成稠饭。

“干一天活，不吃饱哪成哟。”

民工说：“辛苦你了，叔。”

辛山林咧嘴一笑：“你们才真辛苦。”

公社把各连的炊事员召集起来，让辛山林介绍一下经验。

“真没啥好说的，想一想他们在工地上流血流汗，我们用点心就是了。”

分指挥长说：“用心——这就是最大的经验。天底下只要用上心，就没有干不好的事。”

用心的含义是很广的。

中秋节前，大队干部送来了一袋白面，辛山林跟大伙儿说，中秋节每人一大碗面条，菜卤不限。大家高兴啊，已经很长时间没吃白面的面条了。

中午收工回来，面条刚刚煮好，辛山林给大家盛到大海碗里。正当大伙儿准备吃面条的时候，一个姓侯的民工高声对大家说：“大伙儿先别吃，看看今天多少碗面？”

“一人一碗，62碗呗。”

“再好好数数。”

“辛叔那碗呢？”

大家这才注意：“对了，咋没有辛叔的面呢？”

小侯说：“过五月节咱们吃白面馍，每人一个，辛叔自己吃的是玉米面菜团子。今天他又把面条全让给咱们吃了，这怎么成啊。”

“是啊，这可不成。”大家异口同声。

连长说：“辛叔，你吃了我这碗吧，你要不吃，我吃不下。”

好几个后生走过来，“吃我这碗，吃我这碗。”

小侯出了一个主意，大家都说中。“干脆，咱们每人从自己碗里挑出一根面，这不就多出来一碗吗。”

辛山林端起这碗面，心里暖暖的。

辛老，请允许我叫您一声辛老吧。您从炮火硝烟中走来，见惯了风餐露宿，饥寒交迫，鲜血和死亡。当年您背着行军锅，一直奔跑在路上。从解放战争到抗美援朝。为了让战友吃饱，您经常把最后一块锅巴塞到战友手里，自己却饿着肚子。有人说您是一个有觉悟的党员，这话肯定没错，但我更愿意相信，是您骨子里刻骨铭心的善良，让您成了一个不管在哪里都能发出光来的天体。这光是从您心里发射出来的，在温暖着别人的同时，也让您时刻感受到折射回来的光芒，同样温暖。

善良不仅是康德所谓律令支配的道德，更是纯粹发自内心的美好。善良具体到您的心里，就是屈己待人，舍己为人，就是独乐乐不如众乐乐，就是投我以木桃，报之以琼浆。您在苦水里泡大，在革命队伍里成长，红旗渠让您又一次找到了实现自己人生价值的位置，为了这众人之大事，您把自己当作薪柴投入燃烧，有一分热，发一分光。您希望薪柴燃烧得猛烈，燃烧得彻底，只留下一点点灰烬。但我要说，即便薪柴燃尽了，那也不是虚无。因为你将光和热留给了这个世界，你以一种无我的方式，自证着人性的伟大和崇高。

1959年初冬，付新顺在南谷洞水库指挥部伙房当司务长，领导找到他：“小付，给你调换一下工作。”

“干啥？”

“去引漳入林测量队管伙食。”

之前，他听说过引漳入林工程，没想到，工程未正式上马，自己就参与其中了。

他心中暗自高兴。

在林县人民心中，引漳入林是一项解民倒悬的伟大工程，和每个人的利益都息息相关。就像当年参军上战场一样，参与其中，别人看你的眼光都变了。

来到测量队，领导交代他："你的任务就是把大家的伙食调理好。"

是时，三年困难时期，粮食定量降到最低，副食品供应严重短缺，人们每天的感觉就是一个字"饿"！

好在测量队每天都在山里转，别人身上背的是仪器，他和炊事员身上背的是箩筐，随时采一把山菜丢进箩筐里。等到开饭了，主食就那些了，但是菜管够。当然，副食并不全是山菜，也到老乡家里买一些白菜萝卜茄子之类，但那时老乡家里的菜也不多。说起那段日子，老付反复说两个字：难啊，难啊……

再难也得干。小付领着炊事员到河里捞水草，捞上来后洗净，然成晒去部分水分，放些葱垛成馅，包成包子。你还别说，真挺好吃，看着大家满意的样子，付新顺心里有了底。

做小米饭，他和炊事员将萝卜擦成细丝，放在锅底，上面放一层小米，再放一层萝卜丝，上面再放一层小米，这样蒸出来的饭叫千层饭，也挺好吃。

蒸玉米面发糕，他把地瓜捣成粉掺到面里，地瓜在农民手里能买到，不像玉米面，属于粮食限量供应，这样起码能让测量队员们都吃饱。

为啥把当年的小付调到测量队管伙食，主要考虑他人机灵，善于协调事情。测量队走四方，而且主要在山西地界上，与老百姓打交道的地方很多，协调不好，就会产生许多意想不到的麻烦。

这不，麻烦来了。一天，十来个农民冲进伙房，不由分说见东西就砸，锅碗瓢盆全砸碎了。付新顺听到响动，急忙跑过来，这伙儿人撂下一句狠话："以后再踩我们一根麦苗，就把帐篷给你们点着。"

噢！听明白了，测量队不小心，踩坏了农民地里的麦苗。

付新顺赶紧找生产队负责人，这时，他协调事情的能力充分显露出来。生产队长不仅答应他今后不再出这种事，还领他到一户农民家，帮他借了全套的炊具。

是啊，赶紧做饭，不能让大伙儿晚上回来饿肚子呀。

后来有人问他这事情是咋摆平的，他说："天底下就情理两个字，有时候，理比情大，但更多的时候，情比理大，将心比心，事情就好办着了。"

4.教师营 豫剧团

韩愈《送董邵南序》开篇曰："燕赵古称多感慨悲歌之士。"后人将感字改为慷，一字之别，马上使人感觉到一种阳刚之气，一种侠气、义气和豪气迤逦壮阔而来。燕赵不仅包括河北和山西，还包括河南和内蒙古部分地区，而林县恰恰在这部分地区之内。正因此，忠勇豪放，行侠仗义，不惧艰险，敢于担当，不甘人后的文化基因，一旦国家有召，定将捐躯以赴的家国情怀，便早早播撒在这片厚壤之上，成为林县人民心理积淀的重要组成部分。

明白了这些，我们才容易理解发生在林县大地上那些改天换地大歌浩荡的故事。

当时许多人，后来更多的人，都认为修建红旗渠是一件不可思议的事情，简直就是一个当代神话。当我来到林州，走进历史深处，亲身感受那个时代的精神光焰，我明白了，存在的合理性就寓于历史的规律性之中，而历史规律性的支点，与人民参与的广度与深度息息相关。

当时林县人口56万，上渠人数达到31万，凡是能上渠的，几乎都上了渠。这里，有农民，有工人，有机关干部，还有教师、学生、大夫、护士，演员、放映员、售票员、售货员，真可谓全民皆兵，全民参战。当然，也不是只有上渠的人才为红旗渠做出了贡献，背后的家人，也竭尽全力支持渠上的亲人，他们的亲情至情，如春风化雨，让红旗渠充满了迷人的色彩。今天，人们常说红旗渠是林县的金色名片，这张名片上，就印着当时全体林县人的手印。

1960年3月，林县组成了教师营，全县教师分批上渠，每期一个月。当时在任村镇桑耳庄村高小任教的石富昌，是麦收后上渠的，他说："接到上级通知，回家简单收拾了一下，马上就出发了。"

教师营按照军事化管理，分成连、排、班，他们和农民工一样，实行工分制，完成一天的定额，记10分工，任何人不能例外。由于没有抡锤打钎的技术，教师们负责清理渣石，抬筐和小杠就是他们的武器。对于用惯了笔杆的教师来说，完成一天的定额确实不容易，许多人的肩膀都被压肿了，手也被石头磨破了，有些人直到离开工地，手上的口子都未愈合。秦学柱老师搬石头时三个手指头被砸伤了，排长让他休息几天，第二天他又偷偷地跑到工地上，由于没得到有效治疗，离开红旗渠时，他的手指还裂着口子往外淌血。

秋深了，县里召开全县教育工作者大会，教师营的300多名教师才回到县城。

走进会场，全场先是愕然，继而爆发出一片哄笑，接着就是雷鸣般的掌声经久不息。原来这300多人就像逃荒的难民，衣衫褴褛，头发蓬乱，满脸乌黑。唉，工地上哪有心思打理这些哟。

掌声传递的是博大的敬意。

靳柳鲜是茶店西峪小学老师，当年30多岁，她出生在知识分子家庭，1948年红色政权第一次评选林县模范教师，她就榜上有名。1960年听说红旗渠开工的消息，她找到了领导。

“让我到渠上去吧。”

“渠上很苦，你受得住？”领导心里并不想让她去。

“别人受得住，我就受得住。”靳柳鲜一脸的坚决。

最后领导还是答应了她，她随着公社民兵营来到了工地。

年轻人只要休息一晚，第二天又浑身是劲。靳柳鲜不行啊，她已经30多岁了，而且患有几种慢性病，每天干活下来，她都要在床上瘫坐一会儿，然后才能去吃饭。同去的年轻老师劝她少干点，她只是微笑着点点头，表示谢意，其实她早在心里打定了主意，为了不让孩子们为了一担水再来回跑20里路，我这个当妈的，吃再多的苦，值！

她在工地上抬土，一溜儿小跑，她感到抬筐里坐着她的女儿。

这就是一颗母亲的心，素朴而明亮。

你不上渠，难道红旗渠就修不成了吗？这个简单的道理，她还是拎得清的。但是做母亲的肝肠让她义无反顾地来到渠上，没有豪言壮语，也不想做惊天动地的事情，只是想踏踏实实地完成每天的劳动定额，把自己的绵薄之力，汇入千万人热气腾腾的洪流之中。

当时思想工作抓得紧，几乎每天晚上都要组织学习，公社领导看她歌唱得好，就说“靳老师，你教大家唱个歌吧。”

“好嘞。”

革命人永远是年轻
他好比大松树冬夏常青
他不怕风吹雨打
他不怕天寒地冻
他不摇也不动
永远挺立在山顶……

歌声在山谷中回荡，激越昂扬。

这些歌词，每天她在心中都默诵过无数遍。

豫剧是河南的地方戏，林县有两个豫剧团，足见老百姓对豫剧的喜欢。

红旗渠开工以后，两个剧团便争先恐后地轮番开赴工地。一个村一个村地走，一个工地一个工地地演，白天响彻云霄的是劳动的号子和开山的炮声，晚上回响在大家耳畔的是锣声鼓声歌声。

这是一个只有一尺多宽的吊桥，悠荡在两座大山之间，下面20多米就是被两山挤压得暴怒的河水，浪涛翻滚着，发出尖厉的叫声。别说女演员，就是男演员踏上桥面，也会心惊胆战，腿肚子转筋。

咋办？没别的选择，只此一条巡演的路，走！

男演员硬着头皮上了桥，女演员刚踏上桥面就退了回去，坐在地上抽泣起来。团长见状，领着两个胆大的男演员，晃晃悠悠地走了过去，然后又返回来接女演员。其实，他们心里也吓得心脏突突地跳，脚心的汗都冒出来了。但没办法呀，团长说："你不走在前面，今天谁都甭想过这座桥了。"

有些意想不到的事情也常常发生，比如演出结束，已是晚上九、十点钟了，工地上没有地方住，他们就得徒步返回。有几次走回住地，东方发白，鸡已经打鸣了。

剧团的演员，好些人都有胃病，这是因为吃饭不规律造成的。有时赶到工地上，马上拾掇场地，等到演出结束后才能吃晚饭，有时候刚吃完午饭，没过三个小时又吃晚饭，一切以演出的时间和路途远近来决定。说到住宿，凡是农民兄弟住的地方他们都住过，什么牛圈羊圈帐篷山洞，他们住了个遍。开始的时候他们也不太适应，但看到农民兄弟非常坦然地住在那里，他们说："人家农民住得，我们有啥住不得。"

人心，就是这样贴近的。

人们常说生活是创作的源泉，这话肯定没有错，但你要知道，它们并不是一种线性关系，如果不是心心相印，息息相通，即使精彩就在你身边，您会熟视无睹的。

还有，仅仅融入是不够的，你的精神境界与那些英模的心灵世界是否对等，决定着你的创作能否达到足够的高度。如果单纯为着表现英模而表现，我们的文艺是否就会失去它应有的重量?

如果是那样，豫剧二团李凤杰团长说："我们就对不住英模那高山仰止的伟大襟怀。"

活跃在工地上的宣传队，自编自演，鼓舞斗志（拍摄/魏德忠）

同吃同住同劳动，在接近英模的过程中深刻触摸他们的灵魂，努力走进而不是走近他们的精神世界，原来需要苦思冥想设计的情节，远不及现实生活丰满，现在尽可以信手拈来，编创人员和演员都处在亢奋状态，一系列表现红旗渠英模的优秀剧目被创作出来：《李改云》《老两口逛红旗渠》《红桃山》《鸻鹉崖》《兄妹争先》《红旗渠上好铁匠》《战山河》等剧目一经推出，受到广大民工的热烈欢迎，特别是《战山河》在郑州公演后，引起了极大的轰动，成为现代豫剧的优秀剧目。

5.新房　产房

新房的主人公叫吕桂生，1960年2月，他随教师营来到了红旗渠工地。傍晚，晚霞烂漫了天际，沐浴在霞光中的吕桂生信步朝浊漳河走去。

真美呀！河水在晚霞的映衬下波光粼粼，仿佛有无数碎金在河水中跳动，吕桂生陶醉在这大自然的美景中，充分享受着生命瞬间的感动与美好。

突然，一只大手在他肩头猛拍了一下，吓了他一跳。

哎呀，老崔！吕桂生怎么也没有想到在这儿能碰到好友。

崔复生是林县有名的笔杆子，后来担任安阳市作协主席，此时他被调到红旗渠工程总指挥部负责宣传工作。

“桂生，你行啊，小两口一起上渠了。”

“咋，便芹也来了？”桂生有些吃惊。

“你不知道？”

“真不知道。”

“昨天上午我还看见她了呢。”

吕桂生和牛便芹是大年初一结婚的，初五吕桂生便回到学校上班，正月二十随教师营来到了红旗渠工地。

满打满算，小夫妻在一起的时间也就5天。

“干脆这样吧，我刚来的时候，就住在前边的山洞里，现在洞子空着，我这就去找便芹，抱床被子，你们俩今夜就在这洞子里度上一回新婚蜜月咋样。”不容分说，崔复生说就这么定了。

“中吗？”

“有啥不中，你俩是合法夫妻。”

吕桂生就剩下嘿嘿直笑的分了。

不一会儿，一位大嫂拽着便芹来了。

“咋样，累不？”吕桂生有些心疼地问媳妇。

“累是累了点，但俺顶得住。”

“你来了咱爹咋办？”

“就是俺爹让俺来的，他说自己在家里没事。”

便芹的父亲是当年的支前模范，送军粮时腿上负了伤，至今走路还一瘸一拐的。听说引漳入林，便催着便芹赶紧上渠。

“这洞做新房咋样？”崔复生打趣着弟妹。

便芹腼腆地点了点头：“挺好的。”

月亮升起来了，皎洁的月光温柔地洒向大地，万物都被这月光融化了，只剩下山风，伴着一对新婚宴尔的小夫妻，进入了梦乡。

石麦花年轻的时候，不仅人长得漂亮，还是干活的一把好手，后生们都愿意跟她一起割麦子，但没有几个是她的对手。

初中毕业，她回乡担任了大队团支部书记，这次上渠，她被任命为娘子军连连长。

工地上活跃着她奔跑的身影，运送石料，石麦花拣大块的，定额是上午六趟下午六趟，她给自己增加到上午七趟下午七趟。榜样的力量是无穷的，姐妹们在她的影响下，尽情挥洒着汗水，你追我赶铿锵的脚步，成了工地上一道亮丽的风景。

劳动是美丽的。忘我地投入其中，收获的不仅是日益铺展长高的渠墙，还有心灵的丰满充盈，这是更有价值的美好。

开始时，没人知道她怀孕，后来显怀了，石麦花才告诉大家。公社领导听说后让她当记工员，她连说：

“不中！不中！姐妹们都看着俺呢，俺少干了咋用嘴去说别人，人家咋还能服你？”

红旗渠上的干部，都懂得身先士卒，以身作则，身教重于言教的道理，重活脏活累活险活，都是干部冲在最前面，而享受的事，则都绕着走，生怕占了公家的便宜。这不是刻意为之，而是林县干部多年形成的一种习惯，这种习惯已经深入到干部们的骨髓里面，就像春有风夏有雨一样自然而然，是他们人格的有机组成部分。

只有读懂了这些，才算是真正读懂了红旗渠。

石麦花怀孕8个月了，婆婆捎口信来，不能继续在工地上干活了，赶快回家来，一旦生产，家人也有个照应。

石麦花想，不着急，还有一个月才生产呢，等到临近生产了再回去不迟。

哪承想，生产日期提前了。

一天晌午，快吃午饭了，她突然感到肚子疼，疼痛就像大海的潮水，一波又一波涌来，她瘫坐在地上，汗水已经打湿了她的头发。一些年纪大的妇女见状，赶紧把她抬到工棚里。

有人飞跑去喊卫生员，有人去打热水，大家用床单把她的铺围了起来。

哇！一声嘹亮的哭声从工棚传出，如同泉水般清脆。

石麦花的眼泪顺着眼角淌了下来，幸福让她微阖上了双眼。

马有金听说了，特意从几十里外赶来。“这是在工地上出生的第一个孩子，就叫库生吧。”

库生是红旗渠的孩子，一出生，就被注入了自强不息的基因，你的一生，注定要在红旗渠的注视下，沿着一条汹涌澎湃，奔腾不息的河流，去际会时代大潮，体验人生的酸甜苦辣，悲欢离合。但不管怎样，红旗渠是你的根，是你的精血，你的胆气，红旗渠就像一轮刚刚跃出海面的朝阳，将引导着你走向辽阔的远方！

6.视死忽如归

人生最大的考验莫过于死亡，如果连死都不怕，慷慨赴之，这个世界上还有什么能难倒我们？

在红旗渠工地，最危险的活是点炮，有人说炮手都是脑袋拴在裤腰带上，有了今天没有明天。特别是排除哑炮，那就是枕着铡刀睡觉，刀尖上舔血——玩的都是命。

邓文堂干的就是炮手。1960年冬天，青年洞正处在一个关节点上，大家都铆足了劲，生怕落到别人后边。邓文堂和伙伴用一周时间，凿了5个炮眼，炮响之后，不对呀，明明点了5炮，怎么就响了4声？他钻进洞去查看，就在接近炮洞的时候，炸药响了。真是命大呀！拐弯处的岩石挡住了射来的飞石，否则……

洞中弥漫着硝烟，邓文堂知道，硝烟是有毒的，他转身向洞口跑去。他跑着跑着，他感到两条腿不听使唤，就像踩到了棉花上，眼前迷离了，身子一歪，便倒了下去。说来也巧，他倒在了人高马大的连长崔文杰旁边，崔文杰见状，一把把他扛到肩上，快速跑到了洞口，上边的人听到呼喊，马上放下绳子把邓文堂拽了上去。

如果当时不是身边有人，真就凶多吉少了。

同村的伙伴劝邓文堂换个活，比如除渣，最好是在外面绞辘轳，虽然冷了点，但没有危险呀。

“不中，那我还让人瞧得起吗。”

其实邓文堂心里想的是，危险面前方显英雄好汉，遇到危险就逃跑，那不是熊包吗？

他继续当他的炮手。

1962年，邓文堂来到了寺洞口沟，冬天洞中的硝烟不易被吸出洞外，一次炮响之后他又被熏倒了。这次伙伴们有了经验，先将他拽到洞口，用力颠他，几番折腾过后，哇的一声，他吐了出来。这就行了，中毒后吐出来，就没有了生命之虞，这是工友们摸索出来的一条救急的方法。

第三次中毒昏迷是在曙光洞。那几天他拉肚子，浑身像散了架一般。一排炮响，大家都跑到了洞口，他双脚却像被绳索绊着，怎么也跑不起来，渐渐地他感到天旋地转，就势趴在地上向外爬，爬着爬着，他便失去了知觉。

等他醒来，发现卫生员和工友们都站在他身边，他已经昏迷两个多小时了。

他是工友们冒险从洞中抢救出来的。

邓文堂在红旗渠工地当了5年炮手，总干渠通水后，他来到了护渠队。

他说：“我这辈子，就交给红旗渠了。”

郭财福从1943年参加八路军算起，到1955年复员回乡，他在人民军队戎马倥偬了12个春秋。

一路走来，受过伤，立过功，上甘岭战役，一个连几乎打没了，他也挂了重彩，留下了一身的伤疤。听说修建红旗渠，他第一个报名，领着一群民工来到了渠上。

渠上最危险的就是滚石和塌方，时刻威胁着民工的生命。郭财福凭着他在炮火硝烟中积累的经验，教给大伙儿躲避滚石和塌方的方法。比如遇到活石，他就用长长的杆子绑上一小包炸药，轰的一声，碎石飞落一地，险情随之解除。

大伙儿说，“郭大哥是我们的保险箱，有郭大哥在，我们的安全就有保障。”

这让郭财福多了一份责任。为了对得住乡亲们的这份信任，所有危险的地方，他都一个人“单挑。”

有一天他发现崖上10多米处有碎石滚落，凭经验他感觉这片山体有塌方的可能，想来想去，他决定支上一杆长杆，将炸药放在上边，通过爆炸产生的震动，将可能塌方的崖体震落下来。就在一切准备就绪的时候，他听到崖石碎裂的声音，“不好，塌方了！”他下意识地喊了一声，将身体缩进了岩缝儿里。

大片的山体滚落下来，堆得像一座小山。

所有人都被吓傻了，大家发出撕心裂肺的呼喊：“郭大哥……郭大哥……”

白云在缓慢地移动，呼喊声震动着山谷。

有人似乎听到了细微的回声：“大家都别出声，我好像听到郭大哥的声音了。”

顿时，阒寂无声。

“我在这呢，我在这呢……”声音好像从遥远的地方传来。

郭大哥还活着！由悲转喜的一瞬间，工友们的眼泪涌了出来。

下面的事情大家都能想到了。当把郭大哥扒出来，肤发无伤，只是浑身上下都是土，脸上除了眼睛之外，已经全被泥土覆盖了。

7.人民，只有人民

写到这里，我真的不想让手中的笔停下来。

人民，是伟大的人民。

在红旗渠，你看到了什么？

一座硕大无比的英雄群体雕像。

一排写满了英雄名字的长墙。

在耶路撒冷，有一座由石头砌成的哭墙，那是犹太人心目中的圣地。而红旗渠，则是矗立在中国人民心中的一座无形的长墙，那是林县人民用血水泪水汗水写成的，这里有响彻长天的号炮，有通向历史深境的歌哭。

60年代，那是共和国最艰难的一段时光，红旗渠就像一艘顶风船，在艰难的时段艰难地开工了。如果不是林县数十万人民群众一心向水，一心向渠，不计报酬，无私奉献，舍生忘死，这样一个人间奇迹怎么可能创造出来？

创造奇迹的不是神仙，不是上帝，而是人民！

走进红旗渠，我想，任何人都会被震撼，被激动，甚至情不自禁地落下泪来。在这里你会看到，在人为了获取生存权利而与大自然的拼死搏斗中，人性的光辉被放大到了极致，截取其中的一小段，都足以让你的心弦长久地震颤。

艰苦奋斗的林县人民（拍摄/魏德忠）

杨贵、马有金、吴祖太、李改云、任羊成、王师存、路银、张买江……当然，远不止这些，他们是红旗渠英雄群体的典型代表，提起红旗渠，就不能不提到他们，如果没有了他们，红旗渠就会大打折扣，就不会像今天这样熠熠生辉地成为时代精神的高地。

但是，我更想说的是，任何时代，英雄都不是孤立的个体，他们离不开土壤的滋养。土壤是什么？就是人民群众。所以，这一章我写了几位没有被列入红旗渠模范榜的前辈，他（她）们的事迹同样让我激动不已，同样让我心生极大的敬意！人们常说红花得有绿叶扶，我在和他（她）们心会于此的时候，我想大声说，他（她）们不是绿叶，他（她）们也是红花！

第七章
大道之行

什么是大道?

共产党人的初心就是大道，社会主义就是大道。

当然，正义、良知、诗与远方也是大道。只要是代表着人类前进方向的，闪耀着人性光辉的都是大道。

大道与小道、歪道的区别在于，大道自带光芒，它就像一个巨大的发光体，照亮前进的道路，让行走在这条道路上的人时刻感受到时代的光芒，人性的光芒，情义的光芒，勇毅、担当和仁爱的光芒。

1.历史性时刻

1969年7月6日，对于林县人民来说，注定是一个将被世世代代永远铭记并被不断提起的日子——红旗渠工程全面竣工大会召开。省、地、县党政军领导在县城主会场参加了会议，11万群众在21个分会场旁听了会议。

红旗渠总干渠竣工（拍摄/魏德忠）

这是一个历史性时刻。

所有的梦想、追求、悲喜、苦痛乃至霜天冷月，峡谷长风，在这一刻都凝成了永恒。

敢教日月换新天的雄心、豪迈与壮阔，已不再是诗意的表达，而是可视可感可触的美好实现。

天高悬日月，地阔载苍生，10年苦斗，10年拼搏，今天，终于可以画上一个圆满的句号了。

红旗渠水，你从巍巍太行的崇山峻岭中走来，你从历史深处的褶皱中走来，你从林县百姓世代盼水焦渴的眼神中走来，你从开山的炮声、打钎声、号子声、呐喊声中走来。共产党人的初心为你引路，红旗渠精神铸就了你的精魂，10年从未间断燃烧着的激情是你的心跳，催赶着一渠碧水日夜奔流；簇拥明天的美好使你汪汪若千顷之波，一路奏凯，一路欢歌。

你将现代版的愚公移山，写在了共和国的大地上。

你将千种柔情万般妩媚化作流动的生命，融入渠水之中。如今，它正在抵达那些龟裂的土地，正在抵达那些打不出水的旱井，正在抵达林县的沟沟岔岔和每一户农舍。

人民的劳动，人民的血汗，人民的冲锋，要由人民共享！

这就是我们的红旗渠。

好了，我们不必在胜利的欢欣中陶醉太久，回过头来审视一下走过的路，或许对于未来更有意义。

红旗渠有4个关键性的时间节点。

1960年10月1日，这是第一个时间节点，它标志着红旗渠在山西平顺县境内施工胜利告竣。

从2月11日至10月1日，历时232天，37000多民工在山西平顺县境内摆开战场，斩断45道山崖，搬掉13座山垴，填平85道沟壑，凿通总长600米的7个山洞，建成8座渡槽，终于将滔滔浊漳河水引抵林县境内。

这一段渠长近20公里，长吗？与1500公里的红旗渠比起来，微乎其微，但它却是最难啃的一段硬骨头。

关于工程难度，前面做过交代，这里就不多说了。石子山、红石崭、老虎嘴、鸻鹉崖都在这一渠段上，打通王家庄隧洞，架设林英渡槽，也是这一渠段的节点工程。60年后，当我追寻前辈们的足迹，用一整天时间徜徉于分水岭到红旗渠首之间，我的心无法湮没在逝去的岁月里，鼓荡飘落的仍旧是时代的风，世纪的雨，脑际盘旋的依然是凌空飞渡的除险身影，耳畔回响的还是开山的隆隆炮声。让我没想到的是，经过60年的风雨冲刷，日曝霜侵，红旗渠仍然是那样坚固如磐，没有丝毫衰老的模样。

我们今天在全社会大力提倡工匠精神，其实，早在60年前，红旗渠的建设者们就做到了。看一看我们身边的那些豆腐渣工程，再看一看红旗渠建设者们在极少物资匮乏情况下修筑的红旗渠，一种感叹天之辽阔旷远，山之刚毅伟岸的肃穆心境油然而生。红旗渠不仅矗立起了一座耸入云巅的精神丰碑，也是30万林县人民匠心独具的精品工程，样板工程；是一个经得住时间推敲的优质工程、世纪工程。

关于工程质量，听一听当年修渠民工怎么说，我们心里就释然了。

“红旗渠修在老山岩上，必须缝对缝，棱咬棱，石灰要灌足，水泥要喂饱，太行山不倒，红旗渠的渠墙就不能倒。”

“灰浆里如果混进一个豆粒大的生灰球，就等于往渠墙里埋了一颗定时炸弹。灰球见水就爆，一下就能把石缝拱开，到那时你就长一千只手，

一丝不苟的修渠人（拍摄/魏德忠）

也捂不住窟窿。”

“渠底坡度是个大问题，浊漳河水浑，八千分之一的坡度差一点也不行，真给咱们淤上一渠泥，咋往外掏？”

质量要靠制度保证。行走在红旗渠上，你会发现间隔不远就有一块责任界碑，这是每个大队质量大包干的标志。民工们说：“太行山这脾气，你小手小脚，就淘不出水来，你若粗心大意，它就会毁了你。”马有金当年撂下狠话：“质量比天大，比命重要，谁要是砸了质量这块牌子，你就是死了，我也要把你从坟里拽出来让你重修！”

知道了吧，红旗渠之所以今天依然坚强矗立，一渠浊漳河水浩浩长流，不是没有原因的。

质量第一，已经深入到了每个民工的骨髓，成了红旗渠工地的不二法则。

在这样的氛围中，谁还敢三心二意，拿质量开玩笑？

当然，红旗渠建设过程中也不全是高大上，闪光点。作如是观，那就把红旗渠神化了，也不是实事求是。其实，在红旗渠建设过程中，特别是建设初期，也有对大兵团作战，估计不足，出现过失误。

比如战线拉得太长，运输道路狭窄，运输的马车拥堵在路上，人仰马翻的事故多有出现。再有就是修渠物资供应不上，原先备好的钢钎铁锤，一开工就领完了，过三五天再领，仓库里已经没有了，耽误了工期。炸药本是放炮用的，有些民工为了赶进度，对钢钎打不动的石头，就用小炮炸，致使炸药用量激增。最叫人挠头的是，由于战线太长，民工住地分散，几个技术员整天在工地上跑，还是顾此失彼。有的人来了找不到渠线，有的放了渠线却没人做工，有的把渠底当渠线崩掉。开一次分指挥长会议，三天人到不齐，散会后有些人当天回不去，严重影响了上传下达……

共产党人的本事就是正视矛盾，解决矛盾，从矛盾的主要方面入手，抓住要害，纲举目张——红旗渠开工26天后紧急召开的盘阳会议，果断决定收缩战线，将全部兵力调到平顺县境内，决战平顺县。这样，可以一方面缩短工期，尽量减少对平顺县百姓生产生活的影响，另一方面尽快将浊漳河水引到林县，也让林县人民看到引漳入林的初步成果，增强改变林县山河面貌的信心。

盘阳会议解决了红旗渠建设初期的主要矛盾，从此星垂野阔，一帆高悬，仅仅经过206天，红旗渠便将一渠强劲的浊漳河水引到了林县县境。

1965年4月5日，是红旗渠建设的第二个时间节点。

从1960年10月17日红旗渠总干渠二期工程开工之日起，经过4年零10个半月的苦干，红旗渠总干渠林县境内50公里渠段竣工，至此，红旗渠总干渠建成通水。

或许有人会问，为什么短短50公里渠段，却要用近5年时间？未到红旗渠之前，我也疑惑不解，到了红旗渠，方知道是事出有因。

虽说红旗渠总干渠二期工程1960年10月17日正式开工，但紧接着就接到国务院和省、地党委、政府通知，基建水利工程一律下马，全国实行“百日休整”。红旗渠全体民工除留300人开凿青年沟外，其余全部撤出工地，直到1961年6月中旬，才重新试探性开工，10月中旬，红旗渠民工增加到6200人，上渠人数仅是一期工程的五分之一。1962年10月，红旗渠上工劳力达到9200人。直到总干渠完工，工地民工人数一直保持在万人左右，不过当时实行的是轮替制，几个月一轮换，虽然常年坚守在红旗渠道上的只有一万多人，但陆续上渠的人数却达10万之众。

红旗渠二期工程有六大工程卡点，这就是三洞两槽一坝。三洞指的是青年洞、盘阳洞、分水岭隧洞，两槽指的是皇后沟渡槽和南谷洞渡槽，一坝即白家庄空心坝。

盘阳洞和分水岭隧洞虽然长度不及青年洞，却也是脑瓜顶上长秃疮——不是好剃的头。就拿分水岭隧洞来说吧，石质坚硬程度与青年洞无两，12磅大锤砸下去，石头上只留下一个白点。分水岭隧洞凿出的石头达到3.5万立方米，如果把这些石头堆起来，就是一座小山。

特别值得说一说的是，为保证质量，修渠民工将10多米高的渠墙进行衬砌，这才有了分水岭隧洞几十年的安全运行。为了增加土地，民工把部分明渠拱券后，改为暗渠。有人背后说是多此一举，马有金一听火了："咱修渠图个啥，不就是为了多打粮吗，多一亩地就多收好几百斤粮食，咱把明渠拱个券盖上土，多整出好几亩地，为啥不干？"

民工们说："老马说得在理，咱农民不狠劲打粮食，还叫啥农民？咱不珍惜土地，叫谁珍惜土地？能造的地不造，装什么大爷！"

修红旗渠为啥？说到底就是为了多打粮食，同时化解人畜的饮水之忧。

粮食，人类生存最基本的需求。

革命因它而起，战争因它而起，动乱因它而起，改革亦因它而起。几千年来，果腹之念就如大旱之望云霓，深埋在上至庙堂下至村野的每一个人心里。今天，红旗渠70.6公里的总干渠告竣，丰收正在路上，受到总干渠水浇灌的17.8万亩土地，沉甸甸的谷穗，金灿灿的麦浪，满山满谷随风起舞，醉了山冈，醉了秋风，连夕阳也沉浸在收获里。

总干渠就像铺架在林县大地上的大动脉，经由它喷涌而出的浊漳河水，即将通过干渠和支渠，唤醒沉睡的土地，际会万顷田畴，让曾经焦黄的叶片，重新穿上绿装。

1966年4月20日，是红旗渠建设工程的第三个时间节点。经过200天的奋战，总长101.5公里的三条干渠建成通水。

按照计划，三条干渠每年建成一条，用三年时间完成三条干渠的建设。为什么仅仅用了大半年的时间，三条干渠就又快又好又省地建成了呢？

原因有三。

一是修建总干渠后期，抽调了一部分民工，修建了一干渠和二干渠的部分渠段，为的是靠近分水岭的公社，当年能够获益。

二是通过修建总干渠积累了经验，锻炼了人民队伍。此时上渠民工，都成了行家里手，不再是看不出门道，找不着窍门的“愣头青”了。

三是总干渠建成通水，使全县干部群众看到了，庄稼吃到水和吃不到水大不一样。吃到水的庄稼水灵灵，绿油油，腰杆挺拔，颗粒饱满，没有吃到水的庄稼蔫头蔫脑，发育不良，个子比吃水的庄稼矮了半头。现实教育了大家，要想多打粮，让各家各户不再为吃水犯难，必须加快红旗渠工程建设，让红旗渠早日发挥作用。

激情在发酵、在涌动，在穿空裂石惊涛拍岸，群众的强烈愿望已经顶破了天花板。

显然，过去的决策保守了，林县县委当机立断，三条干渠一齐上，三年任务一年完。

七万多人嗷嗷叫着冲向了三条干渠工地。

上工的号声惊醒了朝阳，如雨的汗水染红了余晖，激情在人们的胸中沸腾着，嘶吼着，跳跃着，汗水仿佛是甜的，已经不再苦涩，人们一旦被美好的目标牵引着，迸发出来的力量非常惊人。

工程进度每天都在爆表，大大超过了工程指挥部的预期。

激情很奇怪，看似虚无，可它又超出想象地存在。就拿夺丰渡槽来说，建设渡槽的几万立方米石料，需要从两公里外的地方运来，沙子需要从5公里外运来，靠工地上的民工运送这些石料和沙子，至少需要3个月的时间。公社党委决定，举全公社之力，所有非工地施工人员全部抢运沙石。一时间，男女老少齐上阵，不计旦暮，风雨无阻，不到一个月，一眼望不到头的石料和沙子，像战士列阵一般，齐刷刷地堆在了夺丰渡槽工地上。

曙光洞，地处卢寨岭，全长3898米，地质情况十分复杂。坚硬的地方如铁似钢，松软的地方随时可能塌方，工地指挥部调集18个村的民工，开始了不舍昼夜的“破膛大战”。民工们说：“卢寨岭就是用钢铸的，我们也要戳它个大窟窿。”许多民工挂了彩，戏谑被卢寨岭咬了一口，在大家眼里，挂彩是稀松平常事，谁要是把这当回事，会被大伙儿当作怂包软蛋笑话的。

尽管工地指挥部估计到工期会提前，但仅用200多天就建成三条干渠，还是超出了几乎所有人的想象。

隧洞内面积小，即使艰难也要凿通（拍摄/魏德忠）

人民的创造力，是你永远无法想象的。

而潜藏在人民中的创造力，无时无刻不在创造着人民群众无穷无尽的想象。

这就是想象力和创造力的辩证法。

我们站在分水岭一眼望去，三条干渠就像射向林县大地三个不同方向的巨大箭镞，射出了一渠水，一渠粮，一渠丰收，一渠希望。

还有，一渠精神，一渠力量，一渠浩荡……

1969年7月6日，是红旗渠最后一个时间节点。

10年了，红旗渠一直在路上。

10年筚路蓝缕，10年栉风沐雨，10年洞崖夜雪，10年血沃太行，今天，红旗渠终于全线贯通。

最后这一段路，走得格外难，格外险，就像在刀尖上舞蹈，差一点夭折。

三条干渠通水后，红旗渠被说成黑旗渠，死人渠。

红旗渠被晾在了一边，规划好的配套工程，静静地放在抽屉里，仿佛是随风飘落的一张纸片。

尽管否定红旗渠的妖风四起，刮得天昏地暗，但红旗渠在林县人民心中，仍然是一块圣洁之地，仍然是一面猎猎招展的大旗，是“林县人民的命根子”。

人民呼唤红旗渠，就像呼唤心中的娘亲。

1968年4月，林县革委会成立，杨贵重新回到领导岗位，任县革委会主任兼林县人武部政委，红旗渠建设重新提到日程上来。

新的领导班子决定，立即修复遭到不同程度破坏的总干渠和三条干渠，尽快续建红旗渠配套工程。

1968年10月，火辣辣的太阳悬挂在天上，人们修渠的热情被点燃了，声势浩大的红旗渠配套工程以前所未有的阵势在林县大地迅速铺开。

倾尽全县之力，向红旗渠发起最后的冲锋。

时代的脚步又发出咚咚的铿锵，震耳欲聋。

截至1969年7月，1180公里的红旗渠配套工程竣工。原来8年完成的红旗渠建设工程，硬是被“文化大革命”延宕了两年，拖到了第10个年头。

红旗渠配套工程包括支渠、斗渠、农渠和毛渠。人们常说的1500公里红旗渠，主要指总干渠、干渠和支渠，不包括农渠和毛渠。如果加上农渠和毛渠，有人估算，长度要超过3000公里。

经过总干渠和干渠淬炼的林县人民，此时，已经成了修渠的能工巧匠，行家里手。以前需要倾全县之力建设的项目，现在一个公社就能拿下来，以前需要公社统建的工程，现在几个大队就能完成，以前需要几个大队联合起来才能完成的任务，现在一个大队就办了。

红旗渠在快速地铺展延伸，林县人民已经看到了胜利的曙光。

虽然配套工程的难度与总干渠比起来，有所降低，但仍然是在太行山中蜿蜒，在乱石穿空中挺进。

三干渠上的三支渠虽然只有21公里长，但它要绕过100多座山梁，跨过70多道沟峁，凿通9512米长的33个隧洞。

从这几组数字中，我们读出了什么？

林县人民用意志与倔强与坚硬的山石做最后的较量。

要知道，渠墙都是一块块青石垒起来的，隧洞都是一钎一锤凿出来的，渠线都是一锹一镐铲出来的。

石头再硬，硬不过林县人民的骨头。

17岁的韩用娣带领姐妹们与大山搏斗，她们与男青年一样抡锤打钎放炮，出石渣，垒渠墙，一样不照男社员少干。公社领导说：“你们可以少干点。”韩用娣不依，她对姐妹们说：“使点劲干，早一天把水引到村里，咱们就不用再跑十几里路去担水，咱这肩膀也就解放了。”

初次听说魏家军，我以为是一哨同村同姓的民工，不，不是的，他们是前赴后继的一家人。

魏老爹倒下了，大女儿接着上，大女儿倒下了，侄子接着上，最小的女儿接着上……

在红旗渠，像这样前赴后继的家庭，还有很多。

它让我想起了愚公，想起了送五子上战场的山东大娘……

用什么语言形容我们的人民？

我词穷了，只感到眼眶发潮……

2.山也笑水也笑

渠水来了。

奇迹正在发生。

山川为之动容，大地为之葱茏。就连树上的知了，沾了水的灵性，叫声也变得宛转轻灵，不再喑哑。

“渠网满山头，清水到处流。吃的自来水，鱼在库中游。遍地苹果笑，森林盖坡沟。不愁吃和穿，不怕灾年头，生活日日好，生活永无忧。”当年，这些或许只是杨贵心里的擘画，如今，都已经万种风情千般潇洒地生动地在林县大地上。

1958年，杨贵壮着胆子，上报粮食亩产125斤。60年代，林县平均亩产196公斤，待到70年代农渠和毛渠设施全部建成后，灌区粮食亩产平均达到402公斤。去除其他农业增产措施的影响，农业专家估计，仅红旗渠水对粮食单产的贡献，就达到每亩103公斤以上。

这还仅仅是红旗渠对粮食产量的影响。

有了水，人活着才有奔头，生活才有保障。

到一二十里外担水成了历史，新媳妇一年洗三次脸成了传说，就连九龙村的光棍，也用欢天喜地娶回了自己的新娘。

当年杨贵心心念念的丁冶村民，再也不用到散发着腥臭味的水塘担水吃了，漳河水翻山越岭来到了丁冶村，哗哗地流进了老百姓的锅里。我不知道杨贵此时的心情，但我知道，作为共产党员的杨贵，作为红旗渠旗手的杨贵，所作所为图的啥呀？不就是为了这一天吗！

安得广厦千万间，
大庇天下寒士俱欢颜，
风雨不动安如山！

我想，天下仁人志士的心灵永远是相通的，这种但愿天下苍生皆饱暖，大庇天下寒士俱欢颜的仁者之心，跨越千年时空，早已积淀为共产党人的初心，积淀为共产党人的为人民奋斗之心。

今天，林县人民不再为一碗水发愁了。

共产党人的为民之心，在这一碗水里熠熠生辉！

万物生长靠太阳，万物生长更离不开水。

自从渠水网山头之后，林业成为振兴林县经济的三大支柱产业之一。解放初期，林县能称得上林的树木，也就几十片，总计不足5万亩，点缀在千沟万壑中间。“大跃进”时，这少得可怜的一点树木，几乎被砍伐殆尽，此时的林县，童山濯濯，绿色尽失，天地一派灰蒙。

都道赤橙黄绿青蓝紫，这是太阳光经过折射后形成的连续彩色光谱，绿色居其中。说明什么？绿色须臾不可或缺，如果失去了绿色，阳光都不完整。大地呢？大地失去绿色将会怎样？我想林县人民修建红旗渠时，不仅有吃上水，多打粮的现实考虑，恐怕也有叫绿色重回大地的长远打算。否则，你就无法理解为什么红旗渠刚刚建成，林县人民马上又展开了一场绿化荒山的战斗。

70年代后，绿化荒山秃岭的号角吹响，植树造林的热潮一浪高过一浪。谁植树谁受益，国家确定的林业政策使村办林场和林业专业队，雨后春笋般冒了出来，造林大户也比肩出现，不过10多年工夫，林县人工造林面积就达到134万亩，森林覆盖率达到19%，截至2019年，林县林木覆盖率已经达到48.33%，高出全国平均水平二十三个百分点。要知道，号称中国森林城的南京市和长春市，森林覆盖率只有31.6%和30.66%。

岁月从飞沙走石，水瘦山寒中走来，今天，流连戏蝶时时舞，自在娇莺恰恰啼，从指缝儿中穿过的风，都带着浓浓的绿意。

站在这蓝天绿地之间，你感受到了什么？你是否觉得红旗渠更像是一条金色的纽带，连缀着千万人的美好生活。

美好生活是人民用劳动创造的，人民创造的美好生活，自会格外珍惜。

绿水青山就是金山银山。今天，30万亩经济林成了大山的瑰宝，苹果、核桃、花椒、山楂成了山区农民致富的主打。脱贫户刘香艳，种了80棵核桃树，一年便收获15000元，她说来年再种80棵，等到结果时我家就彻底脱贫了。是啊，千百年来，人们对缺衣少食的忍耐，已经到了极限，不是人民怕使力气，实在是恶劣的自然环境限制了人们致富的可能。今天，水网遍山头，山区人民的苦日子也到头了，甩开膀子干吧，让绿色银行发挥更大的潜能，让金山银山开出更娇艳的花，结出更硕大的果。

山绿了，水清了，花开了，果红了，饭香了，酒醇了，旅游的人们自然就来了。

红旗渠的建设者们开山凿洞时恐怕不会想到，当年筑的渠凿的洞，如今成了旅游景点，成了红色教育的课堂，成了无数人心向往之的地方。

前几年我在报纸上看到一条消息，林州每年游客近千万人，旅游收入近30亿元，我怀疑是不是搞错了。你林州也不是九寨沟张家界黄果树，哪来这么多人旅游？要知道，凡旅游者，心中必有一念，或圣地，或美景，或博物，或写生，你林州有什么？

来到林州我才知道，今日的林州，可观可游可玩之处实在是太多了。

震撼的太行山大峡谷，山峰比肩接踵，似奔马似狂涛似游龙，峰之奇绝，山之雄大，不亚于五岳。导游将远处山腰的一个垭口指给我看，“那是传说中的鲁班豁，当年鲁班为了免去行人翻山越岭之苦，用手中的板斧一劈，将太行山劈开，从此人们得以在这中间的路中穿行。”我慨叹于人们的奇想，但我更愿意相信这是真的。来到太行山，如果不能与邈远的历史神思相接，岂不是白来一趟？

林州最大的旅游看点是红旗渠。在红旗渠纪念馆，在分水岭，在青洞，参观的人流络绎不绝。沿着蜿蜒的渠墙一路走一路看，当年开山的壮阔场景迎面扑来，风声、雨声、钎声、炮声，呐喊声、冲锋号声，不时回响在耳畔。前辈们伟岸的身影，就镌刻在太行山的崖壁上，就倒映在红旗渠的渠水中，走近他们，你的灵魂会受到洗礼，你的境界，会与岁月一起长高。

当年马有金带领5000名民工修建的南谷洞水库，如今也成了旅游景点。仿佛天上掉下的一颗珍珠，水面绵延微澜不兴，干净得如同一盆矿泉水；四面山峦青翠迭出，浓得就像一团化不开的绿雾。这里有南来北往的游客，但更多的是安阳人、林州人，利用假日合家到此一游，浓浓的亲人情，满满的合家欢，都留在这里了。

好了，我也要走了。盘桓南谷洞一日，让我尽情品味着今天的美好，忘记了今夕何夕。

再见，南谷洞……

路旁喇叭里传出轻快婉转的歌声

哎……

山也笑水也笑

你看祖国大地春满园

形势无限好啊……

3.国家名片

50多年前，还有人指着杨贵的鼻子说：红旗渠不就是一条渠吗，有什么了不起？

是的，红旗渠就是一条渠，但它就是了不起，非常了不起！

1971年1月，中央新闻电影制片厂跟踪10年拍摄的纪录片《红旗渠》在国内外公映，引起巨大反响。周总理在接见教育、出版、外事等工作会议代表时，一到会场就急切地问道：你们看电影《红旗渠》了吗？听到一些人回答还没看这部电影时，周总理要求会议组织代表看一看这部影片。总理说红旗渠和南京长江大桥，是新中国的两大奇迹，红旗渠是林县人民与天斗，与地斗，用两只手在太行山上开凿出来的人工天河。今后外国朋友来，要介绍他们到林县走一走转一转，看看林县人民是怎样依靠自力更生，修建红旗渠的。

1974年2月，春天刚刚掀起它的盖头，冬天的尾巴还在风中狂舞。

李先念副总理陪同赞比亚总统卡翁达来到红旗渠参观，当卡翁达攀上600多个台阶抵达青年洞时，他被眼前的景象惊呆了。一座岩石陡峭的巨大山体，兀立在他面前，坚硬的石头如钢似铁，铮铮有金石之声。在这样的山上开凿山洞，使用的全是原始工具，如果不是亲眼所见，卡翁达无论如何不敢相信。

“中国人民很伟大，真的很伟大！”卡翁达非常感慨道。

恰似渠水绕山梁（拍摄／李俊生）

继续走着看着，卡翁达被林县人民改天换地的壮志震撼到了，在欢迎晚宴上，他说：非常感谢毛主席和周总理为我们安排了这样好的参观项目，我建议所有的发展中国家，都来这里学习。

这是有感而发。

所感者何？

敢与魔鬼争高下，不与霸王让寸分！

知其不可为而为之，虽千万人，吾往矣！

英雄主义是不分国度的，一个被英雄主义洗礼的民族，所有的苦，所有的难，所有的险，都会被踩在脚下，甩到身后；而所有的崇高，所有的奉献，所有的壮举，都会被视为当然。

为有牺牲多壮志，敢教日月换新天，这就是红旗渠！

红旗渠，你属于中国！

1974年10月6日，邓小平副总理率领中国政府代表团，出席联合国大会第6届特别会议。这次出行，邓小平带了10部反映新中国建设成就的纪录片，临行前，周恩来总理嘱咐邓小平，播放纪录片时，要第一个播放红旗渠。当这部纪录片在联合国大会播放以后，美联社评论："红旗渠纪录片在联合国大会播放，看后令世界震惊。"一些外国官员和专家找到中国代表团，详细询问修建细节。对于红旗渠这样的大工程，仅仅依靠一个县自己的力量修建完成，在他们眼里，简直如天方夜谭般不可思议。

天若有情天亦老，人间正道是沧桑。

按照周总理指示，外交部陆续组织外国驻华使节和友好人士到红旗渠参观。

1971年，来自49个外国使节和友好人士共675人参观了红旗渠。

1972年，来自55个国家的外宾和海外华侨共1052人到红旗渠参观。

1973年，来自39个国家共1002人到红旗渠参观。

截至1980年，到红旗渠参观的外宾达到11300人，遍及五大洲119个国家和地区。

索马里共和国副总统伊斯梅尔说："林县人民是改造大自然的主人，红旗渠是当今世界的奇迹。"

土耳其革命工党主席多乌贝林切克留言："红旗渠的锤声已经传遍了全世界，红旗渠永远是世界上的一面旗帜。"

像这样的留言还有很多，不一一列举了。

赵化作为纪录片《红旗渠》的拍摄者之一，80年代中期到非洲考察，发现一些国家仍在播放《红旗渠》，他获得了极大的满足感。当初，他被林县人民重新安排河山的壮景感动，只想让红旗渠走出河南，走向全国。没想到的是，在第三世界国家，红旗渠找到了知音，10多年了还被反复播放。

有人说绘画无国界，因为它是无声的音乐；音乐无国界，因为它是有声的绘画。那么，作为影片呢？它既有画面又有音乐，跨越国界岂不就是理所当然的吗。

深谷克海与红旗渠的缘分，就是从纪录片《红旗渠》开始的。那时他还不是日中技术协会的理事长，《红旗渠》让他知道了太行深处还有这样一群人，正在用钢钎撬动历史，用铁锤书写文明，用血肉之躯与大山肉搏，从此让山川变色，大地呈祥，朝阳似鲜乳，月亮似娇娘……

他心动了，一种现象背后的东西在他心里生长，他决定到红旗渠看一看。

谁也不曾想到，此后20年间，他竟12次造访红旗渠。当然不是他一个人，有家人，有朋友，有协会会员，还带来了200多名旅游者。他成了林州与日本的友好使者，亦成了红旗渠的义务宣传大使，他将《红旗渠》制成录像带，向日本各界广泛分发。在他看来，日本虽然生活优渥，但绝不能丢弃艰苦奋斗的精神，他挂在嘴边的一句话是：精神没有了，人活着还有什么意思。

红旗渠让他回到了精神原点。1996年，91岁高龄的深谷刻海最后一次来到林州，他来向红旗渠告别。

“红旗渠，这恐怕是我此生最后一次来看你了。我老了，走不动了，但你在我心中永远鲜活，不会褪色，看到你，我就看到了未来的中国！”

望着熟悉的分水岭，青年洞，他凭栏远眺，注视良久，如目耕一部大书。

然后深深躬下身去，落日余晖洒满他的全身。

4.一条涨满情感的河流

首先，我想说一说杨贵。

毫无疑问，没有杨贵，就没有红旗渠。

有人说，那也不一定，没有杨贵，或许还有王贵、张贵、刘贵，时势造英雄吗。

此言好像很有点历史唯物主义的味道，但是别忘了，历史唯物主义从来不否认个人在推动历史前进中的作用。就像没有华盛顿、杰斐逊就没有现代美国，没有毛泽东，中国革命一直在黑暗中徘徊一样，领导者之于历史，如同百尺楼头的烛照，不仅指示着方向，也让夜行者于寒冷中内心生出温暖的感觉。

他们是历史混沌时刻的大清醒者，是三岔路口的领路人。

其实，杨贵和他的同事们完全可以选择另外一条道路，做一天和尚撞一天钟，上天言好事，下界保平安，那样，既可以开开心心混日子，又不影响自己提拔，岂不两全其美？

但那样做了，就不是杨贵。

他3岁丧父，母亲一人拉扯他长大。15岁那年，他入党了，就像一滴水扑进大海，他感受到了大海磅礴的力量。

人民就是大海。

17岁，他当了区长，带领群众打鬼子。是老百姓用生命掩护了他，让他幸免于难，这让他真真切切地懂得了什么叫鱼儿离不开水，瓜儿离不开秧。

共产党没有自己的私利，她所做的一切，都是为了人民——毛泽东的话如同千里雷声万里闪，分分秒秒震响在他的心头，让他须臾不敢懈怠对人民群众的感情。

你把人民装在心里，人民就会把你捧在手里，举过头顶。

红旗渠是杨贵和他的同事一时心血来潮突发奇想吗？绝对不是，老百姓吃不上水的现实像鞭子一样抽打着他们，宁愿苦干，不愿苦熬的呼声让他们摸到了老百姓的脉搏。对于杨贵和他的同事而言，修建红旗渠，不过是顺天应时，追随人民群众的愿望，按照人民群众的心意行事罢了。如果没有和人民群众的心曲相通，没有人民群众的衷心拥护积极参与甚至拼死相搏，在当时那样低下的生产力水平和生活保障能力，莫说修建1500公里大渠，修150公里你试试。

急人民之所急，为人民之所需，你给红旗渠赋能，老百姓便与你同行。

“文化大革命”中，杨贵遭到残酷迫害，生命一度受到威胁，林县老百姓冒着生命危险把他从小黑屋里抢出来，先是东藏西躲，后又把他送到山西避难。

后来，在山西也待不下去了，杨贵辗转来到了北京。想到先前新华社两位女记者方徨和程竞明采访过红旗渠，杨贵抱着试试看的心情找人联系上了方徨。

下面让我们看一看时任新华社记者方徨对这段往事的回忆。

1967年5月的一天，我正在新华社编稿，传达室来电话说，有科技大学和地质学院的两位大学生找我。我和他们见面后，他们先让我看红旗渠是“黑旗渠”，杨贵是“走资派”的材料，我越看越生气，他们说“你越生气我们越高兴”。然后才说他们长期到林县调查，想为杨贵翻案，但杨贵在林县被打得无处藏身，希望我能帮忙。我当即答应他们，只要能把杨贵弄到北京来，我想办法！

可我咋也没想到，6月10日见到杨贵同志时，不到40岁的他看上去那么苍老、憔悴。我们都穿短袖了，他还穿着一件黑色棉大衣。到我家后，因坐喷气式’被拧伤的两只胳膊，竟捧不住一只茶杯！我和老胡都心酸得掉泪……

后来，我们又把他转到程竟明家住，每天给他烧水，让他在卫生间的浴池里泡半天，胳膊腿才慢慢消了肿，变了色。当时为了确保杨贵同志安全，程竟明和我们两家人约定，自己人敲门要啪啪啪连敲7下，才能开门。过了一段时间，我们安排杨贵到医院做手术，他那条被造反派拧坏的胳膊才会弯过来……

人民日报记者李克琳、宋铮多次采访过红旗渠。在红旗渠，她们流着泪采访，心中被那些感人至深的故事填满。好多年了，对红旗渠的牵挂就像涨满情感的河流，闪着粼粼波光，日夜不息地流淌。当听说杨贵的情况，她们马上就赶了过来。她们表示，要把杨贵和红旗渠遭到严重破坏的情况，报告给周总理。

很快，周总理就看到了报告，杨贵的命运也由此迎来了转机。

都说造化弄人，那是因为命运里一定潜藏着或简单或复杂的因果关系。

在那个风云变色的年代，林县的百姓，北京的记者冒着风险搭救杨贵，为啥？方徨一句话便把问题说透了——杨贵是个好人。

唯此，才让同样是好人的人们在他落难时，不顾一切不计利害不计得失地帮他。

这个世界上，公道自在人心，唯有真情不破！

1991年4月27日，杨贵受邀参加河南省委在林县召开的全省农田水利基本建设表彰大会，阔别15年了，当主持大会的省委副书记宋照肃介绍到杨贵时，台下爆发出经久不息的热烈掌声，许多观众站起来高喊："杨书记你好……杨书记你好……杨书记，你是林县人民的大恩人……"

杨贵的眼睛湿润了，他仿佛沐浴在阳光里，一种巨大的温暖和幸福像电流一样流遍全身。

他站起来，一遍一遍地躬身向群众致谢。

会议结束了，人群像一股巨大的洪流，簇拥着杨贵走回宾馆。令人意想不到的是，宾馆房前屋后，门里门外，早被里三层外三层的人围住了。林县的老百姓非要见见他们的老书记。

来了一拨又一拨，送走了一批又一批。夜深了，还有许多人站在走廊里，就等着看老书记一眼。

太阳底下，还有什么能大过人心？

杨贵再回林县，与当年参加修渠的群众唠起家常（拍摄/魏德忠）

时任河南省省长李长春同志目睹了这一情景，非常感慨地对周围同志说：一个县委书记，离开这里10多年了，还能受到人民群众这样的欢迎和拥戴，不容易啊……如果我们每一个领导干部退休后，都能得到人民群众这样的认可，那我们一生就知足了……

此后的20多年里，杨贵多次回到林州。曾任林州市委书记的来亮回忆：

老书记每次回来，常常是白天和我们一起研究工作或深入到重点工程，山区乡村考察，晚上就被闻讯而来探望的干部群众团团围住，有时一顿饭吃不完，就有几拨人进来要与老书记说说话，照几张相。一到夜里，他住的宾馆门口总是排着长长的队，有的甚至牵着儿子、女儿、孙子、孙女一家几代人来看老书记。我们为了保证他的休息，不得不采取保护措施，可老书记再累，总是要同前来看他的群众说说话拉拉手。2004年5月8日，马家岩水库开工典礼一结束，数不清的干部群众团团围住老书记嘘寒问暖，合影留念。有几位四五十岁的妇女拉着老书记的手不放，硬是把自己千针万线纳的鞋垫往他口袋里塞……以至汽车久久不能出发，我们只好去帮老书记解围……那一个个场景令人难以忘怀，让我感到老书记深深扎根在林州群众的心中，他与群众心连着心哪！

中国自古就有“郡县定而社稷安，郡县富而天下足”的至理名言。杨贵老书记虽然后来也到省委和中央工作过，且历经坎坷，百折不挠，但他一生最辉煌的还是担任县委书记十几年，带领林县人民建成闻名中外的人工天河红旗渠。或许，这正是国家领导看重杨贵与红旗渠的一个原因。因为每个县、市、基层的事情办好了，全省、全国的事情也就办好了……

政声人去后，民意闲谈时。一个领导干部，要想让别人服膺自己的行政命令并不难，一纸任命即可奏效，但要想让群众从内心深处服气、敬佩、钦慕甚至衷心爱戴你，下决心跟你走，即便前面是刀山火海也决不回头，就绝不是一纸任命能够做到的。而要想做到这一点，这也是最重要的一点，你必须时时刻刻把人民装在心里，举过头顶，而不是高高在上，颐指气使，或贪得无厌，鱼肉百姓。只有把人民的利益看得比天还大，并为此奋不顾身去拼搏，去奋斗，虽九死而不悔，人民才会把心给你，把爱给你，把鲜花给你，把掌声给你，把拥抱给你……

2018年4月10日，杨贵的心脏停止了跳动，时年90岁。

应该说高寿了。即便如此，噩耗传来，还是将林县人民的心撕开了一道口子。

霎时，手机爆屏，海量的悼念汹涌而来。

林州人民用各种各样的方式表达心中的悲伤与不舍。

北京家中的灵堂，盛不下无数百姓的泪水和哀伤。

老书记，林州人民舍不得你走，不想让你走啊。

王献青网上一篇《杨贵，我不想让你走》，让无数人悲痛中泪洒衣襟。

老书记在林县工作了21年，深深挚爱着林县人民，林县人民也深深地爱着你呀……

再来说一说穆青，对了，还有众多的媒体人。

穆青是我心中的偶像，不是因为他的职务，而是因他有一颗汲汲人民的火热之心。

他从炮火硝烟中走来，从不以高官自居，“勿忘人民”是他一生的信条，只有在老百姓中间，他才如鱼得水，活得自由自在，文章才写得生动鲜活，真实感人且常常警句迭出有如神助。

他爱时代，爱人民，更爱那些为了祖国献身的人们。

他说，未能好好写一写红旗渠，写一写杨贵，是他一生的遗憾。

但这并不影响他与红旗渠，与杨贵几十年心曲相通，血脉相连。

穆青想写红旗渠的念头，产生于1965年冬天，因听了新华社河南分社记者周原介绍豫东受灾情况和焦裕禄的事迹，1966年2月就先去了兰考。《县委书记的榜样焦裕禄》发表后，1966年4月，穆青赶到林县，采访了杨贵、马有金等同志和任羊成、常根虎、王师存、李改云、路银等特等劳动模范，正当准备写一篇关于红旗渠和杨贵的通讯时，“文化大革命”爆发了，写作计划就此搁浅。

1968年杨贵重新出来工作后，穆青很高兴，于次年12月赶到林县。不巧的是，杨贵刚被调走，一股抹黑杨贵的逆流又开始蠢蠢欲动，穆青见状，马上打道回府，主动取消了写作计划。

1993年冬天，穆青和冯健、周原重访河南，这次他们是决心要好好写一写红旗渠的，没承想大雪把他们阻隔在了安阳。任羊成、王师存等几位红旗渠劳模闻讯后，赶到安阳看望穆青，一见面，他们就紧紧拥抱在一起。劳模们哭着述说往事，穆青流泪听着，尽管窗外的世界充满了冰雪的喧嚣，可他们的心却像夏日的太阳热烈燃烧着，高远而又明亮。

随后，穆青写出了《两张闪光的照片》，记叙了他和任羊成等红旗渠劳模几次相见的情况。穆老把几十年来对红旗渠的牵挂和一往情深，浓缩在这篇5000多字的长文里，奔腾的情感就像万里长江水，波涛推涌着波涛，即便你远离红旗渠，红旗渠也会走进你的梦里，让你时刻感受到红旗渠有力的心跳，

2002年，穆老和杨贵结伴回林州参加红旗渠纪念馆开馆仪式，随后，两人住到了远离县城的板石山区，在这里他又一次见证了杨贵与老百姓的血肉联系，穆老将此记录下来。

没想到，许多劳模、干部和群众还是冒雨赶来看望杨贵。走了一拨，又来一拨，等候的人排起了队。有的就是来见个面，握握手，有的干脆带着照相机来合个影，还有的怕我们着凉带来了衣服，甚至山西壶关、平顺两县的干部群众也闻讯赶来。傍晚，离我们住处五六里的陈改莲非要拉杨贵和我到她家吃饭，说杨贵在“文化大革命”挨斗时在她家没吃好饭，几

十年了她一直心里不安。这一说，我和杨贵只好去了。吃着山韭菜馅的饺子，喝着炒米杂面汤，不禁回想起三年前我俩从青年洞下来路过任村镇桑耳村时，许多群众给杨贵捧来柿子、核桃、山楂、板栗硬往我们兜里塞。林县人民对杨贵同志的那种感情，任何语言都无法表达……

穆老曾经说过："我们这代人好在尝到了老百姓保护我们，爱护我们的滋味，所以一辈子也忘不了，总怕自己做得不好，对不起他们，总是告诫自己，千万不能忘了老百姓，要永远和人民群众站在一起。"穆老说这话距今已经25年了，但它每一个字都像重锤一样砸在我心里，让我须臾不敢忘记。作为曾经的媒体人，今天重温这段话，我心头有一种温热的感觉，就像重又回到了战位，准备出征。

昔日战友相聚别有一番感慨（提供／魏德忠）

尼采说，最能打动人的，是那些和着血泪写出的文字。我觉得若想让你的文章打动人，必须让你的笔蘸饱真情。不论穆青还是杨贵，都是对人民怀有极深厚感情的人，他们用自己的一生，把文章写在了祖国大地上，写在了人民心里。

他来了。

背着二三十斤的摄影器材，从郑州出发，先坐火车，再乘汽车，而后搭上胶轮马车，最后徒步跋涉在崎岖泥泞的山路上。他来到了引漳入林工地，原本只打算到边远山区，拍摄几幅公社社员劳动的场面，然后就打道回报社交差。

没想到，刚到工地，他就被工地火一样的场面惊诧了，吸引了，继而不走了，在工地住下了，从此开始了他与红旗渠10年的不解之缘。

他就是《河南日报》摄影记者魏德忠。

新闻的生命是真实，但真实并不就是新闻。

只有你被美好感动，你才能传递出感动，让读者继续着你的感动。

老魏，在红旗渠你最大的感受是什么?

你说感动！除了感动还是感动!

被感动包裹着，你把自己当成了红旗渠的一员。1960年上半年的红旗渠，生活真苦啊，“米糠饭，盐水汤，菜窝窝也当粮”，置身其中，你并没有觉得苦，你倒是经常在问自己，“糠菜民工能吃，我为什么不能吃?山洞民工能住，我为什么不能住?民工可以系一根绳子荡在悬崖上除险，我为什么不能腰系绳索在悬崖间拍照呢?”

如果你感到自己渺小，那你一定是看到了崇高！

魏德忠爬到半山腰，拍下了一组民工悬空打炮眼的照片。

打这开始，老魏把镜头对准了红旗渠，对准了那些想水盼水渴望改变命运的成千上万的农民兄弟。拍摄中，他攀悬崖卧冰雪，遇到了数不清的困难，他都一一克服了。10年间，他拍摄红旗渠的照片不计其数，今天，我们在图书中，画报中，影像中看到的那些红旗渠的精彩瞬间，绝大多数出自老魏之手。

魏德忠用10年时间，成就了一番了不起的事业，让逝去的岁月放射出无尽的光波。

忙碌在总干渠工地的民工们（拍摄/魏德忠）

他为后人留下了十分宝贵的影像资料，让人们可以直观当年红旗渠的艰苦卓绝与豪情万丈，感受严冬的苦寒，溽暑的难当，拼争的血泪，胜利的欢歌……

创造未来的瞬间被他凝成了永恒！

同样用10年时间跟踪拍摄红旗渠的，还有中央新闻电影制片厂的红旗渠摄制组。

他们无论如何也想象不到，一部片子要拍10年。开始他们只是想抓拍几个镜头，拍一部“表现人民公社威力”的小片。来到红旗渠以后，他们感到这是一个将产生巨大震撼力和影响力的工程，遂决定放慢拍摄脚步，把这部片子拍成一个经得起时间推敲的精品，拍成一部无愧于伟大时代的影片。

1960年3月19日，摄影师赵化和程中义来到了红旗渠工地，拉开了10年拍摄的序幕。在红旗渠工地，他们看到了组织起来的新中国农民，为改变自己的生存环境爆发出来的巨大能量，如火山岩浆喷发，直冲霄汉；真切感受到林县县委在人民群众中的强大凝聚力向心力和感召力，发现如果没有共产党领导，休想办成任何大事。

到了1961年，摄制组增加到7个人。《红旗渠》总导演郝玉生说：以后摄制组每年都要来一趟，拍摄一段时间，直到1970年。每一次我们都是带着急迫的心情而来，带着感动的心离开。十年间到底有多少人参加拍摄，已经记不清了，但有一点记得很清楚，10年我们用了一万多尺胶片。

一部《红旗渠》，凝聚了多少媒体人的心血？闪光背后的漫漫长路，该有怎样的初心坚守，该有多少的默默等待？

《红旗渠》，你是一部时代大片！你把传奇般的人工天河带向了全国，带到了世界，不论党和国家领导人，还是平民百姓，通过纪录片，才知道了红旗渠，知道了林县。

仅凭这一点，你便功不可没！

5.峨峨乎山高

红旗渠的伟大，不仅在于它成就了一条大渠，还在于它创造了一种精神。

天地玄黄，宇宙洪荒，当人类开蒙之时，一轮鲜艳如朝阳的精神之光，便浩荡人间。它下则为河岳，上则为日星，沛乎塞苍冥。作为一种依着于肉体而又独立于肉体的存在，万千年来，它如夏花般灿烂，如泉水般透明，如天空般辽远，如钻石般贵重，离开它，人即成冢中枯骨，失去它，人无异于行尸走肉。五千年来，中华民族正是靠着它，才在历史的风沙漫卷中走到今天。历史深处的楼兰夜雪，铁马秋风，舍生取义，毁家纾难，慷慨悲歌，无不辉映着它的光芒。无数仁人志士高举着它，如同捧着一颗心，在漫道湮庐的险境中，在长歌当哭的黑夜里跋涉着奋力前行，传光明于天下，播火种于国中……

一个历世而不倒的民族，一定是一个不断汲取人类文明的养料，不断饱满和强健自己精神质地的民族。

百年中国共产党一路走来，创造了、宝藏了一批辉映万川的精神财富——建党精神、井冈山精神、长征精神、延安精神、沂蒙精神、抗美援朝精神、雷锋精神、铁人精神等，如同一簇簇火炬，映照着当代中国前进的道路。

红旗渠精神！

这个名词最早出自杨贵在红旗渠总干渠通水庆祝大会上的讲话。遗憾的是，红旗渠精神的内涵，未能在他的讲话中展开。

时间走过了20年。1985年林县县委排除干扰，旗帜鲜明地为红旗渠正名。1990年，林县县委顺应广大人民群众的要求，提出要认真总结、提炼和弘扬林县人民在红旗渠建设中创造培育的红旗渠精神，经过全县上上下下集思广益，最终将红旗渠精神明确下来，这就是自力更生，艰苦创业，团结协作，无私奉献。

自力更生是中国共产党人的传家宝。当中国共产党和她领导的人民武装在敌人的围剿中求生存求发展的时候，四顾茫茫，内外交困，不靠自力更生自己救自己，你还能指望什么？

1939年，延安。毛泽东穿着补丁裤子对大家说："在我们面前摆着三条路，饿死呢？解散呢？还是自己动手呢？饿死是没有一个人赞成的，解散肯定也没有一个人赞成的，还是自己动手吧。"于是就有了自己动手，丰衣足食，就有了三五九旅，"南泥湾，陕北的好江南……"

从此，自力更生就不单纯是生存下去，还有美好、温暖、幸福的意蕴。

从此，自力更生就和中国人民并肩携手出现在任何一个需要挑战的地方。

当然，自力更生最根本的是自力，也就是一切立足于自己。红旗渠开工头3年，没有得到国家一分钱援助，后来国家给了一些钱，也只占整个投入的18.68%，其余81.32%的投资，全部是县、社、队三级自筹和农民的劳务积累。为了解决修渠资金的巨大缺口，从1962年起，林县组织有建筑手艺的民工到全国各地承揽工程，仅此一项就为红旗渠筹措了1800万元资金。

当年，粮食民工自己带，镢头、铁锹、抬筐等劳动工具，也都是民工自己带，不足的部分，由生产队补齐。石灰的100%，水泥的77%，炸药的45%，都是林县人民自己生产出来的。据当年参加红旗渠建设的老人回忆，修建红旗渠的绝大部分生产资料，都是林县人民依靠自己的双手制造的。

自力更生，已经深入到林县老百姓的骨髓当中，成为一种发自内心的自觉，当它作用于现实的时候，我们看到，几乎不可能的事情全部变成了可能。

今天，中国人民正在跨越中等收入陷阱，经济总量已经位居世界第二位，我们还需要自力更生吗？当然！看一看某些国家在高科技领域穷凶极恶地卡我们的脖子，恨不得像踩一只蚂蚁一样一脚把我们踩死，除了自力更生自强不息，我们还有第二条出路吗？

中国人民正疾行在圆梦的路上。

第二个百年在向我们招手，把自力更生作为路标，我们把命运攥在了自己手里。

任凭风吹浪打，胜似闲庭信步……

在中华民族的传统语汇中，艰苦总是和奋斗联袂。在延安的时候，毛泽东对斯诺夫人海伦·斯诺说：“共产党的作风就是艰苦奋斗，这是每一个共产党员，每一个革命家必备的作风。”很长时间里，人们习惯说艰苦奋斗，对于艰苦创业，还有所不同。其实，只要回到那个热气腾腾全民创业的氛围中，回到十万大军出太行的急行军中，你就会明白，艰苦创业带有明显的时代印痕和价值指向，是与改革开放后中华民族的伟大复兴紧密联系着的。

今天，艰苦创业已经成为中国频率最高的热词之一，中国已经成为创业的高地。

然而，60年代，红旗渠展示给我们的是什么呢？

似乎只是一个苦字。

当年修渠人吃的苦，遇的难，遭的罪前面已经说过，这些他们都扛过来了。我想说的是，这些苦这些难这些罪，如果放到今天，我们可消受得了？它们能否成为我们创业路上的拦路虎，让我们看一眼便魂飞魄散，从此不再和创业遇见？

但我知道的是，作为共和国宏大叙事的一部分，艰苦创业已经成为我们时代的闪光点，成为拉动时代进步的火车头，成为一支射向远方的响箭。

创业与你在，与我在，与他在，与时代同在。

我还想说的是，苦，是一块试金石，也是一块磨砺意志品质的砥石，你害怕吃苦，不能吃苦或者只能吃一星半点苦，请你免谈创业。世界从来没有免费的午餐，没有随随便便的成功。红旗渠昭示的艰苦创业，过去是，现在是，将来永远是你成功的不二法门。

红旗渠是一场大兵团作战，规模之大，人员之多，持续时间之长，对于县域来说，罕有其四。

组织这么大一场战役，难在协调协同协作，难在团结一心同呼吸共命运。

30万人轮番上阵，粮食、商业、邮电、运输等十几个行业一齐出征，没有扯皮推诿，谁有困难招呼一声，齐上阵。

团结协作就像云无心而出岫，渊源有自，无有其他，只是恰好。

再说了，红旗渠到山西境内引水，你不协调好两省两县以及沿渠百姓的关系行吗？从红旗渠开工的那天起，各种各样的困难，各种各样的非难铺天盖地般压来，可谓黑云压城城欲摧。这时领导班子如果不团结一心，怎么可能扛住这么大的压力，站在千军万马的排头？

杨贵说，“红旗渠修建10年，大家始终拧成一股绳，这才保证了红旗渠的建成”。既是肺腑之言，也道出了红旗渠成功的关键。我想，杨贵说这话时，一定想到了面对上级问责，县委班子成员争先恐后出来担责那一幕，一定想到了多少次他都快被压垮了，大家主动来为他分忧解难。

团结看人品，协作看境界，二者合在一起，就是人心。

至于红旗渠上究竟发生了多少团结协作的故事，用车载斗量恐不为过，因为实在是太多了，反使我生出跋前疐后的感觉。但不管怎么说，在红旗渠诸多成功元素里，无论如何也少不了它。

有了它，红旗渠才有了温度，有了超拔，有了细腻，有了灵性！

说起无私奉献，红旗渠就是一幅无私奉献的长卷。

805名劳动模范，哪个人没有一长串奉献的故事，就是那些普通民工，他们挥洒的汗水里，甚至伤残的身体中，也都放射着无私奉献灼灼的光芒。

我前面介绍过的失去一只眼球的郑凤仙，失去一只手的李玉姝，奶娘范土芹，前赴后继的魏家军，炮手邓文堂，还有许许多多的铁姑娘们和棒小伙们，恕我不能一一道出他们的名字。她们和他们把生命中最好的时光献给了红旗渠，尽管没拿奖状，但正是他们和她们的默默坚守和无私奉献，成就了红旗渠，成就了一个伟大时代的传奇。

马有金，明明是工程总指挥，却总把自己混同于一个普通民工。他一身汗，一身土，一手老茧，脸晒得黝黑黝黑，糙得像榆树皮。有一位省城来的记者误把他当普通民工拦住采访，唠嗑的时候发现不对劲儿，怎么说话一套一套的，一打听，原来是总指挥。

两个人都笑了。

这就是红旗渠。

奉献在这里，正常得如同吃饭睡觉一样，无有他异，只是本然。

红旗渠，你是一个无私奉献的核电站，喷薄着巨大的能量，活力四射地向未来前行。

关于红旗渠精神，似乎还应该再说点什么。

杨贵说："为了人民，依靠人民，是红旗渠精神的根本；敢想敢干、实事求是，是红旗渠精神的灵魂；自力更生、艰苦奋斗是红旗渠精神的体现；团结协作、无私奉献是红旗渠精神的保证。"

这话，是杨贵于2002年在林州一个大会上说的。据1990年林县县委提出红旗渠精神，过去了12年。

这是杨贵对红旗渠精神的诠释。尽管他谦虚地说红旗渠精神的发明权是林县人民，自己理解得不深，但我想，红旗渠精神，一定在他心里琢磨了很多年。夜深人静的时候，那些激情燃烧的岁月一定会来敲打他心灵的门窗，最后思绪聚拢到一个点上，这就是红旗渠的精华——红旗渠精神。

为什么修红旗渠？杨贵当年说得很清楚："解放这么多年了，老百姓还吃不上水，要我们共产党干什么？不解决老百姓的吃水问题，我们还算什么共产党员？"

一切为了人民！这是共产党人的初心，是共产党人想问题办事情的出发点和落脚点。

1946年3月，美国总统特使马歇尔访问延安，随行记者在延安听到最多的一个词就是人民，中国人民如何，世界人民如何，到人民中间去，向人民学习。这位记者隐隐约约地感到，未来的江山，肯定是中国共产党人的，因为他们代表了人民。

人民，是共产党的基石。

为老百姓修渠，依靠老百姓修渠，这是模范的底气所在，勇气所在，信心所在，一句话，共产党人的初心所在，也是红旗渠之所以成为红旗渠最根本的一条。离开了这一条，不可能修建红旗渠，也绝对建不成红旗渠！

为了人民，依靠人民，这是红旗渠精神的根本。

弘扬红旗渠精神，我们不能离开这个根本。

第八章

弦歌不绝

请原谅我无法统计出全国媒体报道红旗渠的文字、图片、影视及文艺作品，那一定是一个非常惊人的数字。不过我知道，60多年来，全国众多媒体对红旗渠的报道，从未间断过。

所有为红旗渠助力者，都在努力使自己成为与时代的同行者。

只要你在，我在，他在，红旗渠就在。

红旗渠精神的光芒，曾经照亮过我们的内心，那么，就让我们高举着它，继续前行……

1.成了新闻眼

或许，因为太行山深处震耳欲聋的打钎声、呐喊声；或许，因为历史赋予的那些浓墨重彩，总之，你被媒体“盯”上了。

掬一捧奔腾的浊漳河水，放在耳边谛听，这是时代的涛声。

让我们回到坐标轴的原点。林州，是被苦难浸泡得既深且久的一块土地，是用眼泪和血水喂大的。它所遭遇的各种各样的劫难，让它生命里具有一种百折不挠的气质，有了一种极强的韧性。骨头被打断了，自己就能把它粘在一起，摔倒了，只要还有一口气，就要想方设法站起来，活下去。

刚硬，倔强，永不言败，让山里的风都带着剑气。

是的，你们把钢钎和铁锤铸成长剑，硬是要把太行山拦腰劈开。

劈山的声音宏大而响亮，传得很远很远。

众多媒体闻讯赶来。首先到场的是得地利之便的河南日报，尔后是新华社，中央新闻电影制片厂，水利部摄影中心，上海电影制片厂……

开始，做的都是短期打算，像过去一样，拍几组镜头，回去剪辑一下，就可以交差了。但谁也没想到的是，太行山脾气大，劈山的汉子志气更大：“挖旱池，天不给水；打水井，地不给水；修水库，河不给水。人还能让尿憋死？干脆吧，这回我们向石头要水，向石头要粮！”

媒体人的心被震撼了，被牢牢地吸引住了。

这不就是当代的愚公移山吗?

当愚公移山不再是古老的传说，而是活生生现实的时候，人的劳动就不再是被动的，创造世界的伟力就在你的手上，你的脚下，你的心里。

新闻敏感性在这当口发挥了作用。国家正处在困难时期，需要一种精神来为民族支撑，这种绝不向任何困难低头的胆气豪气和勇气，不正是中国人民在困难时期需要格外加持的吗?

新闻就是宣传吗？非也！它是万千社会现象中选择的真实。真实才有力量，它让希望从人心的地平线上升起，一寸一寸照亮广袤的大地。

事物总是处在相互转化之中，互动就是转化的形式。

一方面是媒体人被林县人民的壮举感动着，用镜头把这些壮举记录下来；另一方面，媒体也让红旗渠开山民工的心激动得像莲花盛开。

我们来看一下《红旗渠日志》，这是今天我们能找到的红旗渠每天活动最原始的记录。

“一九六〇年三月二十四日这一天，喜讯迅速传播，全工地民工为迎接摄制电影的到来，展开了冲天的干劲。午前全线还进行了评比检查，评比结果，城关分指挥部因干劲大，工程艰巨，进展快，所以获得了红旗单位。”（为了保持原汁原味，未对字句做任何改动。）

“一九六〇年三月二十六日今天总指挥部全体同志格外地忙碌，每个人都是笑逐颜开，干劲十足，这是因为今天既要召开分指挥长会议，又要一同前去拍电影，这真是一件大喜事。”

“……从西坡谷堆寺抱着拍摄机的赵华同志一个箭步跑到人们面前，气喘吁吁地说道，真好呀，今天拍摄的影片最好了。他这么一说，大家可高兴了，每个人都知道自己照得非常好。技师赵华同志又紧接着拍摄了几组镜头，摄到现在，这个影片即算结束了。”

需要纠正一点的是，拍摄到这里，影片不是“即算结束了”，而是刚刚开始，纪录片《红旗渠》由此拉开了跟拍10年的序幕。

过去，只有演员才能出现在银幕上，今天，我们就要出现在镜头里边了，不仅林县的父老乡亲能看到，全国人民都能看到。一想到这些，山里人那种喜出望外的雀跃心情，此刻的我们都能感觉到。

简直就是莫大的荣耀。

带着这份荣耀，加把劲干吧。

红旗渠从开工那天起，就被英雄主义包围着，人们心里就像揣着一团火，火苗有多旺，干劲就有多大。河南日报摄影记者魏德忠最先感受到了火的温度，立即加入这火热的队伍中来。

1960年仲春，李改云舍己救人的事迹传到省里，河南日报根据省委指示火速派出一组记者冒雨赶到红旗渠工地，随后写出了长篇通讯，《河南日报》还为此发表社论，从此，李改云的名字传遍中原大地。

说起红旗渠与《河南日报》的关系，不能不提到一个人，他就是翁少峰。1960年2月，时任河南日报副总编翁少峰和编委安孚麟带领十余名记者，到林县采访边远山区建设，发现了刚刚动工修建的红旗渠。从此红旗渠便走进了河南日报，河南日报自此开始了长达几十年的接力报道。用河南日报一位老记者的话说，红旗渠是河南日报用情最专，派出记者队伍最强，投入力量最大，用版面最多，坚持时间最长的典型报道。

迄今已经记不清河南日报到底有多少记者采访报道过红旗渠。后来成为著名作家的张一弓，1960年深秋趴在林县小招待所写出了《人民公社与红旗渠》。80年代，著名诗人王怀让带领两名年轻记者蹲在林县体验生活，写出了长篇报告文学《中国有条红旗渠》。

70年代，袁漪成为河南日报派驻林县记者，此后的10多年里，林县成了她又一个故乡。

她在太行山中穿行，“山下虽已绿稠红稀，山上却是山花烂漫，连那早开的杏花也未凋谢。微风过处，掀起一角云帘，露出淡淡的山影和山坡上一片片粉白的屋墙，一层层翠绿的麦田。我们好像行走在一幅雅致的水墨画里……”

袁漪用双眼打量眼前的世界，不仅发现美，更发现崇高，发现壮阔！

昔日兔子都不拉屎的七峪村，她在那住下了，一个叫许贵英的妇女吸引了她。于是，一个女人独自把三头风一吹就要倒下的瘦牛赶到高山顶上放牧，只因为那里有足够的青草，晚上睡在没有门窗的石庵里，三个月后赶回三头肥牛的故事，走进了她的通讯。七峪村干部说：“别看她是一个妇女同志，可她爬山比我们走得还快，袁漪那不怕苦的劲，真让人佩服！”

袁漪在用心与大山交流，她想告诉世界，红旗渠的女儿都啥样。

当记者，常常是四方奔走，客舍为家。多少次暮投山村，夜宿农舍，让袁漪结识了不少房东，傅爱莲，就是她采访时认识的一位房东。多少年了，两人像连在一根藤上的瓜，只要听说袁漪到了林县，爱莲一准来看她，她也想方设法地去看爱莲，两人在一起，心里话唠得好带劲儿。

袁漪退休后，不论暂住处北京还是定居上海，空间距离远了，可现代

通信 工具让她们通话更加方便。

一个是上海长大的大学生，一个是地道的山村妇女，是什么让她们的情谊几十年未曾中断……

应该是一种没有功利没有杂质透明得像水晶一样的感情吧。

正是带着这种感情，袁漪守住了一个新闻工作者的本分——心系人民，恪守良心，不怕吃苦，不摆架子，奋不顾身地去工作，几十篇至今读来还想再看一遍的通讯，就是她与红旗渠的不解情缘。

袁漪虽然走了，但林县人民至今还惦记着她，老书记杨贵生前，一直念叨着她：

“那个上海姑娘，最近咋样了？”

“挺好的。”朋友替袁漪回应着。

“那就好啊！”

袁漪大姐，红旗渠就是你的家。

漾着真情，漾着春意，漾着温暖，漾着知足，漾着笑……

你在这里找到了自己！

1965年4月5日，红旗渠总干渠开闸放水。《河南日报》在一版用大半版的篇幅，发表《红旗渠一期工程完工通水》的长篇通讯，并发表《贺红旗渠通水》的社论。

这是只有极重大事件才能享受的待遇！

1966年4月20日，红旗渠三条干渠竣工大会胜利召开。

这不仅是林县人民的盛大节日，也是河南日报历史上的光辉时刻。

河南日报总编辑刘问世将总编室搬到了开闸现场。组稿编稿拼版发排

欢乐的时刻（拍摄/魏德忠）

一条龙，消息通讯评论社论摄影轮番上……

从未见过这么大的阵势，这么活泼的版面，当然，还有这种新闻报道方式。

河南日报，你见证了一个伟大时代！

红旗渠，你让我们见识了什么叫新闻！

2000年年初《河南日报》一篇谈修渠人信仰的文章，引起了我的注意。因为关于魏秀花之死，有多个版本，这篇文章确凿地告诉我，以前那些说她因车祸死亡的消息，都是以讹传讹。

今年83岁的魏有山，是当年23岁的女青年魏秀花牺牲时的见证人。

魏有山说："秀花那天是乘着卷扬机系着的旧汽油桶下井的。四五十米深的竖井，井筒也不是那么直，估计是由于油桶晃晃荡荡撞到井壁上出的事。当我听到井下'丁零零'急促的电铃响起，就赶紧刹车，但事故已出，一切都晚了，秀花掉到了井底，还怀着三个月的身孕。"

秀花娘哭得死去活来，但真有肚量，爷俩（老支书魏三然）都是为修渠牺牲的，她都没给村里找一点麻烦。魏有山老伴魏玉珍在一旁插话，她也是当时在场的修渠人。

1960年正是困难时期，粮食短缺，虽然村里十天八天就派人往工地上送粮送菜，但总是不够吃，生活很苦，干活很累。我负责民工生活，每天都为吃喝发愁，上山挖野菜，下河捞水草，有的民工还得了浮肿病。

我在工地上转战了10多年，叫干啥就干啥，哪需要哪里去。通水后，县委命名我们为前赴后继专业大队，大队还专门立碑纪念魏秀花等牺牲的同志。

老人的讲述，仿佛把我们也带入那激情燃烧的岁月，数万人战天斗地豪气冲天，人人心中有信仰，一心只想多奉献！

查阅红旗渠模范名单上，没有魏有山的名字，所收集的红旗渠的资料上，也没有找到魏有山的名字。事实上，无数个修渠的无名英雄都这样奉献！他们修渠，修的是心，修的是信仰。

距离魏秀花牺牲，已经整整50年了。

往事并不如烟，关于红旗渠的报道，60多年来河南日报从来没有中断过，红旗渠情结，已经深深地融入几代媒体人的血脉之中。

作为新闻媒体的重镇，人民日报自有其不可替代的作用。

1957年，正当林县人民准备苦战五年，重新安排林县河山之际，《人民日报》发表了记者姚力采写的通讯《社会主义的脚步》，让地处太行深处的林县人民，感受到来自北京的重视。杨贵说："可别小看了《人民日报》的报道，它让林县人民心里更有准星了，干得也更有劲了，步子迈得也更大了。"

1960年5月11日，红旗渠全线开工只有三个月，人民日报用了很大篇幅发表了金柯采写的通讯《人和岩石》。

"我们到了引漳入林工地，浊漳河地处山西，与林县紧邻，林县缺水，县委就领着社员远奔山西省去牵进一条水龙王来。浊漳河两岸，太行山的坡度好像刀切的一样，社员们就在离地100多米的高空，腰系绳索，足蹬悬崖和岩石搏斗……太行山的雄伟气势，在人民的冲天干劲面前，显得黯然失色了！"

文章像一道瀑布飞流直下，将林县人民战天斗地，重新安排河山的壮举跃然纸上，让全国人民知道了河南有个林县，林县正在修一条人工天河——红旗渠。

1961年1月10日，人民日报发表杨贵的署名文章《摸大自然的脾气》，林县人民在恶劣的自然条件下，不等不靠不要，自力更生，艰苦奋斗，按照自然规律办事的成功经验，让正在改造山河的中国广大农村干部和群众，眼睛为之一亮。

1965年12月18日，人民日报头版几乎用一整版，刊发了宋铮采写的长篇通讯《党的领导无处不在》和社论《创造更多的大寨式先进县》，这在《人民日报》的历史上，是非常少见的。除非重大典型，休想得到这样的“待遇”。

从此，红旗渠走出中原，走向全国。

1966年4月20日，人民日报用整版刊发长篇通讯并发表了《人民群众有无限的创造力》的社论，盛赞林县县委“是全县人民的马克思列宁主义的领导核心”。林县县委一班人“凭着对社会主义和共产主义的无限忠诚，对人民利益的高度关怀，使得林县县委敢于不顾一些人的责难和反对，毅然决然地在最困难的时候挑起了这副重挑，把改造自然的斗争坚持到底。”

红旗渠这张国家名片再一次被擦亮，它让国人看到，千万人簇拥在一起，为一个目标去拼命的时候，爆发出的能量到底有多大！

红旗渠不仅属于河南，更属于中国。

1969年6月3日，红旗渠配套工程加速推进，效益初显。人民日报记者马上将情况写成内参，李先念副总理阅后批示：“印参阅件，加发农业、水电、商业、轻工、化工部，推广林县经验。”

1969年7月6日，林县人民盛大集会，庆祝红旗渠胜利竣工。7月9日，《人民日报》一版刊发消息《林县人民十年艰苦奋斗，红旗渠工程全部建成》，二版刊发长篇通讯《独立自主自力更生的一曲凯歌》。

1990年，红旗渠总干渠通水25周年，人民日报派出一组记者，深入田间地头采访，对红旗渠产生的巨大经济和社会效益，做了后续报道。

1998年，已经隐约可以听到新世纪的脚步声了。经过20年改革开放，人们不再囊中羞涩，物质欲望正在一路看涨。我们这个时代，还需要红旗渠精神吗？换言之，红旗渠精神，还值得我们继续守望吗？

杨贵撰写的长文《红旗渠精神的思考》，恰逢其时地出现在《人民日报》上。由杨贵来诠释红旗渠精神，就算找对人了。文章发表后，好评如潮，红旗渠精神在神州大地，进一步高亢嘹亮起来！

半个多世纪，红旗渠被人民日报视为瑰宝，用200多名记者的300多篇文章，精心编织出了一个巨大的花环，让红旗渠情满华夏，誉满神州。

红旗渠精神的光芒，曾经照亮过我们的内心，那么，就让我们高举着它，继续前行……

红旗渠，你是共和国的骄傲！

红旗渠精神，你是时代新的标高！

红旗渠一路走来，60多年了，你累了吗？

愚公移山的故事，是否还有人接着讲述？

红旗渠精神，可有人守望，会不会随风飘散？

每一问都是一道严肃的时代考题。

“一个国家真正的财富，不仅在于拥有有形的物质力量，还在于或某种意义上说更在于是否拥有无形的精神力量。经济的发达可以为一个国家贴上强大的标签，而唯有精神的力量，可以让一个国家扛得起伟大的字眼！”

这是4位新华社同行采访红旗渠后说的。

说得好！我把它搁在这里，当作路标。

2.一首歌唱了半个世纪

劈开太行山
漳河穿山来
林县人民多壮志
誓把山河重安排

随着纪录片《红旗渠》公映，这首红旗渠之歌像田野上的新绿，永远留在了中国人的记忆里。

一首歌就是一个时代。

如果说今天的年轻人可能会对这首当年的流行曲有一些模糊的话，在它的故乡林州，绝对是妇孺皆知，人人皆能吟唱。它是林州人的骄傲，是林州人心中的一团旺火，啥时候唱起它，啥时候便自豪满腔，浑身都是力量。

唱着这首歌，林州人民走进了新时代。

1978年是改革开放元年。春天的风，把苏醒泥土的味道带回你的记忆里。朦朦胧胧的潮湿，腐蚀的枯草和新发的嫩芽，一起展示着生命的曾经和存在。

大喇叭反复地广播着以经济建设为中心，啥意思呢？哦……山里人渐渐地琢磨出来点意思了："这不就是让咱发家致富吗？"

越质朴的见识越接近于真理。

于是，一批探路者出现了。

走，进城耍耍手艺去，准能赚钱！

于是，李家寨一伙人奔平顶山去了，张大郊一个工程队奔青岛去了，社书村两支施工队同一天踏上了去东北的列车，郭家屯一个月内有5路人马杀向西北……

林县人的一颗心早已按捺不住了，十万大军出太行，铿锵脚步声，远在南海之滨的广州都听到了。

从红旗渠上下来的民工，此时又要告别父母妻儿了。虽心有不舍，但他们走得坚决，走得气定神闲，胆壮志豪。凭着盘旋在胸中的那股英雄气和在红旗渠练就的一身好把式，不管走到哪里，他们都是一把锋利的剑，即便受挫，他们也不会缩回剑匣里，因为红旗渠畔的呐喊声一直在给他们鼓劲壮胆。

林州，历史上就是一个出建筑工匠的地方。明洪武年间，朝廷为修建宫殿，在全国征集工匠，林县应征者居全国之首。其后北京的颐和园，天津的独乐寺和五大道，都留下了他们的身影。

这段历史，出门时已经足够让他们脸上有光了，今天，红旗渠又成了他们一张发亮的名片。当然，仅靠这张名片是不够的，市场看重的是本事。

杨贵说过，红旗渠不仅是条幸福渠，还是个大学校。10年时间红旗渠培养出了33000名石匠，110名铁匠，200名木匠，700多人学会了烧石灰，100人学会了烧水泥，810人学会了钻炮眼，搞爆破，另外，还培养出了农民工程师12名，农民技术员560名。

一时间行兵列阵，巧匠如云，好生了得。

带着自信，同时也带着一身手艺，他们出发了。

上海、广州、武汉、佳木斯、三亚……林州人匆匆的脚步，霎时走向了26个省市自治区，尔后，他们又把目光投向了更远的地方——俄罗斯、中东、南美洲……

350多座城市活跃着林州施工队伍的身影。

90年代初，北京把三栋大楼交给林县三公司施工，说得好好的工期一年，但突然间就变成了半年。

干还是不干？干没把握，不干就意味着放弃了北京市场，你若再想进来可就难了。

公司经理李林安脑袋憋得生疼，最后横下一条心来——“干”！连夜数百里赶回村子。

腊月二十三，小年。家家户户都在准备过年，有六家正在给儿子准备结婚。

他沙哑着嗓子对大伙儿说，情况万分紧急，今晚你们搂着媳妇睡一宿，明天一早就跟我出发。

第二天早晨，180多人跟着李林安赶往北京。

后面的事情就不细说了。春节他们一天吃了三顿饺子，春节晚会结束的时候，他们才从脚手架上爬下来。

提前十天交工，北京有关部门的领导向大家三鞠躬，代表北京人民感谢大家。

那一瞬间，民工眼里流下了热泪。

王买成承揽了国防科委在北京的一个住建项目。他要求工人勾缝时横平竖直砌得要像绳线一样，内墙要当外墙砌，地面、阴角、阳角、垂直度、平整度误差不能差过两毫米，门窗油漆在调和漆基础上再加一遍亮漆，要能够照出人影。

工人说：这得多费多少工，多花多少钱？

王买成说："质量上不去，咋有脸说咱是林县来的。"

质量是管出来的，更是严出来的。

北京市建委进行全市施工质量大检查，他们的项目被评为北京市优质工程。

这是河南省在北京获得的第一个建筑质量优质工程，从此结束了河南省在北京没有优质工程的历史。

优质工程是什么，它是一张通行证，北京建筑市场的大门向你敞开。

随后他们又承建了海军总医院住宅楼，被评为全军样板工程。

北京图书馆、国家大剧院、国际饭店、鸟巢、水立方等十大名优建筑，林县人参建的就有八项。曾任北京市副市长张百发对记者说："我手中有八支建筑劲旅，河南林县的两万农民建筑大军就是其中的一支。"

时任天津市市长李瑞环说："在天津驱车行驶几分钟，就可以看到一个林县人建设的工程。"

在河南省，林县施工队伍星火燎原一样，遍布县城以上的一百多个城市。他们没有资质，但他们有性格，经过红旗渠淬炼的汉子，哪一个是软蛋？

有一年，焦作耐火材料厂准备建一座隧道窑，前来投标的施工队有几十家，可亮出标底时，全都告退了。这时，林县的施工队长崔旺全上去揭标，刚亮明身份，就被人家拿鼻子哼了一声。

“就你们这资质，也敢揽这瓷器活？”

“虽然俺资质暂时差了点，但俺们活不差。”

“空口白牙不行，咋让俺信你？”

老崔把在红旗渠怎么掏山洞垒渡槽的事说了一遍。

甲方同意试试，但有言在先，如有一点差池，立马走人。

完工了，老崔正准备转移阵地，却被厂长拉住了。

“别走了，后边的工程都交给你们。”

“后边的工程量好大呀，耽误了工期咋整？”

“信着你们了，干吧！”

这回，厂长一脸的微笑。

林县人在太原站稳脚跟，与一次突发事情有关。

80年代初，太原市急需在迎泽大道铺一条1400米长的地下电缆，工期只有20天，且不能在白天施工。这是个急活儿，质量要求还挺严苛，市里找了4家大公司，都嫌工期太紧，不愿意接手。

林县施工队主动找上门去，费尽口舌将这活揽了下来。也别怪人家瞧不起你，连台像样的施工机械都没有，人家凭什么相信你。

俗话说：打春冻人不冻水，小雪封地不封河。三月初的太原，早春的寒凉直往人的骨缝儿里钻，白天脱下的棉衣夜晚又得穿到身上。300多名林县民工在太原最繁华的大道上摆开一字长蛇阵，背心外就罩着一件工作服，有些性急的小伙儿连工作服都甩在了一边，光着膀子和渣石扛上了。

有的人挂了彩，鲜血把裤子都渗透了，搁平时这得上医院住几天，眼下就免了吧。

“这些人是干啥的？”过路人看他们有些好奇。

20天的工期12天就干完了，让那些管工程的计划员好没面子哟。

不仅提前完工，工程质量杠杠滴，市政领导直竖大拇指。

林县的好口碑一下子在太原同行中传开了，居然还多了一个红旗渠传人的雅称。于是，130多个林县工程队，30000多民工陆续在这里摆开战场，标有林县字样的脚手架，竖立在太原市将近三分之一的建筑工地上。

时任太原市市长王茂林在大会上说：以后不要让林县施工队只是小打小闹，大工程招标，也要让他们参与。

世上没有绝望的处境，只有对处境绝望的人。

成功不是将来才有的，而是从决定的那一刻起，持续积累而成的。

不要等待机会，机会都是人创造出来的。

30多年前，采桑乡的几十条汉子喝完酒后，决定到省城闯荡闯荡。谁也没想到，这一闯荡竟弄出了大动静，几十年后，他们硬是把一个小小的施工队干成了集建筑施工、房地产开发、酒店管理、物业服务、商业贸易、文化教育为一身的大型企业集——河南省泰宏集团。

10多年前，便跻身于中国民营企业500强，河南省民营企业100强。

成功的原因当然很多。不是有那么句话吗，没有随随便便的成功，但他们最为社会所倚重的，还是——质量。

高擎着质量的大旗行走，用壮士断腕的决心！

迄今，他们六次斩获鲁班奖，获国家优质工程奖2项，获省部级优质工程奖300余项，承建的中国文字博物馆被评为“改革开放35周年百项经典工程”，海南文昌航天发射场荣获“国际建设贡献奖”。

每一项大奖都是同行心中那颗耀眼的星。

说起质量，不由得让我想起了鲁班。这位中国人心中的百工始祖，凭一双妙手，化腐朽为神奇，匠心独运，巧夺天工，已经到了传神入化的程度。他是极致的化身，不是说要做到最好吗？他就是那个最好。

是的，关于鲁班，大多都是传说，就连斧锯凿锛也无法证明就是他发明的，但千百年来，人们固执地相信这一切都是真的。因为人们在内心深处，需要有一个神似的存在引领，人们要为信仰找到一个安顿的处所。

林县历史上被称为匠乡，对鲁班的感情自然就多了一层。

采桑镇有一个叫得很响的别称——鲁班小镇。这个被国家命名的建筑之乡，有一条非常精致的小街：鲁班街，街心矗立着一座鲁班雕像，还有一座既雄大又精巧的鲁班塔。

站在鲁班像前，我有点恍惚，怎么像站在中国美术馆观看雕塑展。这是我所见到鲁班雕像中最传神的一座，完全是用中国的艺术语言打造出来的。

朴实得像个老农，目光中透着善良刚毅还有那么一丝怅然，手握着一柄斧，仿佛能翻云覆雨，点石成金，轻轻一挥，便能将朽木化为机巧。

鲁班全身笼罩在辉光里，一刹那，我心里消失了两千多年时光的距离。

对！他就是我心目中的鲁班。

秋日的夜，漫步在采桑的大街小巷，啊！采桑，多好听的名字呀。

舍南舍北争采桑，欲老未老蚕满筐——不禁让人想起男耕女织，田园牧歌，小村炊烟……

这种令人神往的景象在历史中可能存在过吧，不过在老一辈的记忆中，采桑只有石头，没有桑蚕。

既然一眼望去全是石头，那就与石头为伍吧。

采桑的石匠在林州，在安阳，在河南那是出了名的。修红旗渠那阵子，凡是硬仗，总是采桑打头阵。大战凤凰岭，打通盘阳洞，修筑桃园渡槽，只要与石头打交道，采桑的汉子从来没有含糊过。

及至十万大军出太行，采桑自然成了先头部队。不到五万人的采桑镇，竟有270多支施工队，17000多名工匠活跃在30多个城市的施工现场。今天林州建筑业的领头双飞雁，河南泰宏集团和河南润华建筑安装有限公司，就是从采桑走出去的。

夜晚的采桑，华灯绽放，霓虹闪烁，流光溢彩，鲁班塔上的五彩星光，照亮了半个采桑。

其实，理想与现实之间，并不遥远。

采桑不就是林州的缩影吗！

路旁的大妈说：过去只是在电影里看见过不夜城，现在咱采桑就是不夜城！

什么叫安居乐业富甲一方？什么叫和谐享太平？来采桑看看吧。

看懂了采桑，应该就看懂了林县。

30年前，背包瓦铲脊梁扛，十万大军出太行……

那是改变命运的奋力一搏！

30年后，林州建筑业产值达到1500亿元，税收近20亿。

林州60%的农村劳动力从事建筑业，60%的农民纯收入得益于建筑业，60%的银行储蓄存款余额来源于建筑业。

三个60%，你读懂了什么？

红旗渠传人的坚守、刚毅和担当，还有追随时代永不停歇的脚步……

这仅仅是红旗渠之歌的上半阕，下半阕将更加嘹亮。

3.红旗在接力

1993年，林县县委决定，实施发展经济的红旗渠工程。

这是林县人民第二次艰苦创业，是林县人民又一次追逐梦想的瑰丽出征。

如果说60年代修红旗渠，解决了林县人民的生存问题，80年代10万大军出太行，解决了农村剩余劳动力转移问题，新的红旗渠工程，解决的就是林县人民的富裕问题。

对富裕的渴望，在中国人心里，埋藏得太久了。当贫穷和饥饿像野草一样在大地上疯长的时候，它就像压在石板下的一棵幼苗，时刻准备着破土而出。

它是“中国奇迹”的源泉，这个穿越时空的“宝盒”一旦被打开，就像遍地的干柴遇到火星，大火便会冲天而起，活力便会竞相迸发，智慧便会泉水般涌流，激情便会冲决一切有形和无形的阻碍，带着梦想奔向鲜如朝阳的未来。

富裕是对贫困的决绝。

林县人民迈向富裕的路，艰辛而漫长。

谁能想到，今天已成“庞然大物”的河南凤宝特钢集团，是从一个小小的铁匠铺起家的。

李广元是这个只有二十几个人的铁匠铺的头儿。有一天他跟伙计们说：“就咱们这三盘烘炉，一天叮叮当当砸巴点镰刀锄头，啥时候才能致富？”

“那咋整？”伙计们望着他，一脸茫然。

“你们先干着，我出去揽点活。”

背着干粮出发。

这一出去不要紧，把李广元的心给弄活了。

“搞汽车配件能挣钱，”李广元对伙计们说。

“那就干呗。”

干，就得上设备，可钱从哪儿来呀！

李广元把媳妇手里的300元抠出来，又东拼西凑了5000块钱，好不容易从信用社贷了10000块钱，添置了一个翻砂炉，二三十台手动车床，定角村汽车配件厂开张了。

他把目光瞄准了汽车调整臂。

1976年，第一批汽车配件下线了，没想到销售格外的好，安阳汽车运输公司说，你们生产多少我们要多少。

那是一个不管生活资料还是生产资料都非常短缺的时代，经济学家造出了一个词——计划紧平衡，挺玄乎吧，其实就是啥东西都得凭计划，计划没给你列上，你就是叫娘也没用。而计划离现实需求，总是差着一块，咋办？自己想辙去。

突然从山旮旯里冒出个汽车调整臂，尽管质量不尽如人意，但有总比没有强吧。

其他运输企业听说了，也纷纷上门要货。

真的叫人大喜过望，随后是产量翻番，效益翻番，规模扩大。

2000年初，定角村汽车配件厂变成了河南省定角实业总公司，产品也增加到300多个，企业效益每年40%递增。

1995年，李广元把目光投向第一产业，这是一次战略转型。他们当年投资6000万元建成了带钢厂，投资8000万元建成了球墨铸铁厂，还建成了钢板弹簧制动器厂，1997年全程计算机控制的燃油连续推钢加热机，500粗钢轧机等先进设备投入运营。当全国汽配市场出现大波动时，企业已完成了华丽转身，许多低端汽配厂被淘汰出局，定角带钢厂却成了市场的宠儿。

2001年，凤宝钢铁公司成立。过去是船小好掉头，现在是大船正扬帆，凤宝特钢虽然不是航母，但也不是机帆船了，它正驶入市场的深水区。

有人说李广元就是命好。如果把人的情商智商职商叫作命，李广元的命确实不错，每到市场洗牌的前夜，他总能抢前一步，转型升级，从而连续实现蛙跳。

保持一颗平常心，同时擦亮眼睛，不放过市场上每一个细微的变化，这恐怕才是李广元成功的关键。

2005年，李广元决定上马优特钢和无缝钢管，2008年第一条无缝钢管生产线投产，凤宝特钢成为河南省最大的无缝钢管企业，主打产品液压支柱管市场占有率达到30%。

2012年，凤宝特钢再次转型，生产电子玻纤、电子纱和电子布，今天，他们正在超薄电子纤维领域大显身手。

对于超薄电子纤维，恐怕大多数人不太了解。形象一点说吧，一根比人的头发还细的电子纤维，是由200根5微米的玻璃纤维聚合而成的，其纤细程度已非肉眼可见。至于它有什么派场，那需要找电子方面的专家来解释，我只知道越是高端手机和电脑，越离不开它。

从40年前铁匠铺一年产值不到1000元钱，到今天年产值超过100亿元，凤宝人不是生活在童话世界里吧？

20多年前，定角实业总公司办公大楼即将落成时，李广元找人精心雕塑了一头牛。

那是他心中永远也挥不去的情结。

难的时候，险的时候，受挫的时候，沮丧的时候，想一想从小与他为伴的那头老黄牛，气就顺了，心就平了。

想到牛，他心里总是暖暖的。

但得众生皆饱暖，不辞羸病卧残阳。

是理想，也是情怀。

有这头牛为伴，干吧！

今天的凤宝人，还不到歇脚的时候。

大河澎湃，唯有奋楫争先，才不惧风急浪大；人到半山，唯有咬紧牙关，才能攀到山巅。

大垴村，位于林州的西北角，四周全是悬崖，海拔1750米，是林州海拔最高的一个行政村。

明朝末年，一汪姓官员为躲避官司逃到这里，经过三百多年繁衍生息，形成了200多人的村落。

林州人把绝壁之上相对平缓的地方称为垴。这里过去只有一条乾隆年间修的羊肠小道通往山外，那是真正的羊肠小道，如果走两个人，有一个人就容易被挤下山去，去一趟乡里，乡亲们需要翻山越岭走6个小时。

一位老人临终前，道出了唯一的心愿：吃一顿饱饭，下一趟山，看看县城长啥样。

像这样一生没下过山的村民有60多人。

有一年山下传来消息，第二天有人来收购生猪，20来人连夜抬着4头猪往山下赶，谁知就在他们到达的前几分钟，收购生猪的车开走了。

赶了一夜山路的村民瘫坐在地上默默落泪。

有人总结这里三个最：生存条件最恶劣，生活条件最艰苦，生产条件最艰难。

追究“三最”原因，只一个字：“路”。

不通路，想改变大垴面貌吗？天方夜谭!

1980年，在西藏当兵的许存山，一个杠杠硬的汉子，受到组织召唤，转业回到大垴担任村党支部书记。

他带领12名党员在党旗下宣誓：“流血不流泪，举旗不下跪，拳头握紧不松手，卒子过河不后退。”

他对大家说：“如果我遇难了，不向集体提任何要求，由我老婆接着干。”

全体党员人人立下生死状。

何其悲壮！一股雄风在山谷回荡。

人一旦有了梦想，所有的感受，包括欢乐、痛苦、离别、幸与不幸，都变轻了。

路，就是你们的诗与远方。

一场持续8年的劈山筑路开始了。

不说修路有多难多险了。只要我们简单想一想，几十个老少爷们，凭着一双手把大山掏开，天当房石当床，吃住在大山旁，而且双手经常血肉模糊，肩膀头经常肿得跟馒头似的，没人吭一声，没人后退半步，更没有一个逃兵，就凭这，我们是不是应该把全部的敬意献给他们！

1990年，路终于修通了。主线公路15公里，支线公路25公里。2012年后，他们又在有关部门的帮助下，将15公里主线公路全部硬化。

当第一声汽车喇叭在大垴村响起时，许存山却因劳累过度住进了医院。

伙计们送他去医院的路上，眼睛已经被泪水模糊了。

进山的游人称他们是当代活愚公。

他们当得起，此言不虚！

今天，电通了，路通了，电话也通了，大垴村人就剩下怎么富裕了。

靠山吃山。在这个垴上，到处都是中药材，上海福佑中药材科技有限公司的领导来看了几次，投资建了一个党参种植基地，据说这里的温度、湿度和土壤，特别适合党参生长。

一些下山的村民又回来了。“怎么样，俺们在基地打工也不错吧，每天有七八十元的收入，活少时，我们还可以到处采一些野生中药材，每天也能收入二百来块钱。告诉你吧，这都是路修好了带来的财运。”

我从内心深处分享着你们的满足，快乐着你们的快乐。

我想，靠山吃山恐怕还有一层意思，那就是风景。

对于大垴村民来说，这是大自然对你们的赏赐，对你们的补偿。

太行山太壮美了，怎么形容都不为过。况且，大垴还是太行之巅，放眼一望，云在脚下，翠在身边，空气清冽得让你恨不得多吸几口。

在山上装修几间农家乐能行吗？我想，肯定能行。

从大垴村顺山而下，一个词在我脑海里盘旋——灵魂。

理想是灵魂，信念是灵魂，有时候，一个人就是一群人的灵魂。

许存山就是大垴村的灵魂。

没有许存山，大垴村能是今天的大垴村吗？

恐怕所有人的答案都是一致的。

有时候，特别是大家迷茫找不到方向的时候，一个人带领大家从困境中突围出来，大家何其有幸！

许大哥，你是一个标本——共产党员的标本。

我感觉你还像一柄军号，滴滴答答的号声响起，后面是一片冲锋的人群。

当年，红旗渠工地上，妇女撑起了半边天。

今天，在二次创业的伟大征程中，仍然有她们大山一样的身影。

郭变花在人们眼里，说话响亮，办事更不输爷们。

关键是她有主见，一旦认准的事，三头牛也拉不回来。这还不说，她认准的事最后都干成了。

她原来是林县化工厂的工人，商品经济大潮来的时候，她直觉铁饭碗要端不住了，于是主动辞职和丈夫去山西承包起了工程。

1996年，正在两人干得来劲时，忽然接到家里电报，让她“速回”。

“出啥事了？”带着满心狐疑她赶紧往家里赶。

刚进家门，镇党委副书记就赶到了。

“变花，跟我走。”

“上哪儿啊？”

“上车我告诉你。”

上了车郭变花才知道，自己已经被任命为石大沟村党支部书记了。

她感到了一头雾水，思想一下没转过弯来。

“让我再考虑考虑吧。”

“没时间了，村里党员等我们开会呢。”

就这样，郭变花当上了石大沟村党支部书记。

“既然组织上让我干，那我就干吧。不过咱们都是党员，哪有不周到的地方，你们可要给我指出来。”

这就是她的施政演说。

没有豪言壮语，听上去好像还有那么一丝畏难。

要说没有顾虑那是假的，一边是自家的工程，一边是几百双渴盼富裕的眼睛，孰轻孰重，让一向处事果断的郭变花也犯了难。

丈夫从小在石大沟长大，每个走出去的人对家乡都有说不尽的牵挂。丈夫对她说：“既然组织看上你了，那就干吧。”

丈夫说的这句话，让她没有了后顾之忧。

她找来了会计，账面上除了债还是债，各种各样的债加一起，四万多元。

石大沟，凭这村名你就能想到这是个啥地方。

除了石头就是沟壑，这地方能不穷吗?

治穷的第一步是治山，要治山就要先种树，可是村民一听说种树，风凉话马上来了：

“种多少年树了，活了几棵?”

“远水能解近渴吗?郭变花这是要大伙儿玩吧。”

“谁愿种谁去种，我也不种。”

郭变花上来了犟劲，一心想带着大伙儿脱贫致富，怎么就成了耍大伙儿玩了。

她回家装了一兜子钱，往桌子上一放：“这万亩荒山我包了，你们种树我给工钱，但不准烧荒，不准放羊，成不?”

这魄力也恁大了!

打横炮的那些人腔调变了“中，中，这中。”

种树能致富吗?起码短期见不到经济效益吧。

其实，他们种的不都是生态林，还有大片的经济林，用经济林产生的经济效益滚动发展生态林，待到几十年后，这山这树这林，可就是绿色银行了。

第一年，他们种下了10多万棵树，在郭变花眼里，每棵树都是她的孩子，都得精心侍弄，马虎不得。

她在山上挖了个窑洞，盘了个锅灶住下了。

夜晚，空旷的大山，只有两种声音格外清晰，那就是外面的山风和自己的心跳。

有一点动静，她赶紧起来看看，别是什么家伙来祸害这些幼苗。

林县的儿女，是踢着太行山石头长大的，骨头和石头一样硬。一镐砸下去，全是乱石子，接着往下砸，年复一年，郭变花带领乡亲们植树50多万株，过去光秃秃的5000多亩荒山，绽开了绿色的笑脸。

山绿了，风柔了，雨细了，落在人的脸上，像舒伯特小夜曲。

还有两件事，一个是水，一个是路。

一个是生存必须，一个是发展必须。

不是没有水，是缺水。缺到什么程度，客人来了绝不敬茶，洗脸时全家只用少半盆水。

动员每家每户挖水窖，在半山腰凿出一个200立方米的蓄水池，在村子里打一眼机井。

为这事，郭变花跑断了腿，磨破了嘴，从县里争取到20万元项目资金。还不够，她又从家里拿来4万元钱。

“先垫上，村里啥时候有了啥时候还。工程不等人！”

下一个就是修路了。

石大沟不是没有路，原来有一条颠簸路，人在车里坐着，像坐过山车一样前仰后合，手攥紧了把手，脑袋又碰到了车顶。这还不算，过去修的隧洞已经成了危洞，随时威胁着出山的村民和车辆。

男女老少齐上阵，不分白天夜晚，风天雨天，就像当年修红旗渠那样。

一块块石头扔进去，一筐筐土填进去。

路在一尺一尺地向前延伸，6公里长的一条宽阔大道，胜利在望了。

县里给的40万元用来硬化路面，还是不够，郭变花又拿来10万元垫上。

过去一走两腿泥的水泥路，变成了雨过鞋不湿的水泥路。

一晃25年了，从青丝到白发，郭变花一直坚守在村党支部书记的岗位上。这是中国共产党组织系统里最小的一个“官”，也是离老百姓最近的一个官，上有千条线，下面一根针，所有党的方针政策，都要通过她在老百姓身上体现出来。

千万别小看了这个位置，在村民眼里，你就是党的化身。

正是带着这样的认知，郭变花风里来雨里去，用脚板丈量着石大沟富裕的路。

这路没有行走，只有攀登。

面对50多万棵摇钱树，郭变花说，这树我一棵都不要！

垫出去的那些钱，郭变花总是说，啥时候有啥时候还，不急。其实，到底能不能还上，她心里比谁都清楚。

全村老百姓把大红绶带，披到她身上，像簇拥着一片彤红的云。

每次支部换届，她都以满票当选。党员们说：“俺石大沟离不开这个主心骨！”

当一个人把所有的付出，不管是金钱，还是体力心力智力，都看作是对大地自然而然的回报时，它让我看到了窗外的雨，淅淅沥沥地落下，青草庄稼树木吸吮着它，生根发芽开花结果……

郭变花，你让自己变成了一片花海！

第九章
不是尾声

奋进者只有序曲，没有尾声。

时间是最好的显影剂。当一个事物，不管是有形的还是无形的，过了一个甲子还经常被人提起，不，准确地说，从来就没有被忘记过，你说，它的生命力该有多么顽强？

今天，当红旗渠的传人们接过前辈手中的旗帜，开始新的远征的时候，伟大到无边的事业，只是刚刚掀开了一个小角。

道路正长，只要明天还在，今天就是起点！

1.多想在我的家乡也修一条红旗渠

她哭了。

站在红旗渠高高的渠墙上，望着“青年洞”三个大字，她微微地昂起头，努力不使眼泪滚落下来。然而，一旦感情的闸门打开，眼泪便像春天的燕子，欢快地四处飞翔。

她叫宋占·吉冯登，是老挝乌多姆塞省人民议会副主席。这次她随老挝党政干部考察团到林州红旗渠干部学院学习，每天都沉浸在翻江倒海的情感巨浪中。青年洞、鸻鹉崖、红林村、清凉宫……当然，还有杨贵、马有金、任羊成、吴祖太、路银、常根虎、王师存、李改云、郭秋英……这些让红旗渠精神立体起来的往事，把她带回到毗邻云南的家乡。每天早晨推开窗户，高山大岭便与你撞了个满怀，在这样的环境里生活久了，一生爬山又下山，你会不习惯在平地上行走吗。

山里虽然空气清新，但山里的路怎么也走不到尽头。不通道路的村庄，人们只能生活在贫困之中，年复一年，祖祖辈辈，贫困已经让人们失去了想象力，仿佛整个世界就是一群永远也走不出去的大山。

吉冯登多想让她的家乡也有霓虹灯，柏油路，也有鳞次栉比的高楼大厦……

愿望在山坳里跋涉，一步一步如同登天。

在红旗渠干部学院，让她看到了一个飞升的世界。当年的林县，还不如她的家乡。她的家乡虽然落后，但吃水绝不成问题，温饱也不是问题，然而仅仅过了几十年，林县像是中国的一个缩影，天翻地覆慨而慷，在吉冯登眼里，这一切变化得迅疾而又神奇。

她每天被摄人心魄的故事包围着，激动着，心中的潮水汹涌着，澎湃着，她的眼泪情不自禁地流下来。这是感动的泪水，泪水里有家乡的明月，清脆的鸟鸣，山中的晨雾，常绿的椰林，哦，对了，还有女儿那修长的身影……

就要告别红旗渠干部学院了，给她留下终生美好回忆的地方，她要把感受带走，把心留下。

“红干院，我就要走了，我真的不想说再见，这里让我看到了什么是伟大，什么是坚强，也让我想起了我的家乡。我家乡85%的老百姓还非常贫穷，我要把在这里学到的宝贵经验带回去，运用到老挝人民的发展和建设事业中。

我最大的心愿就是在我的家乡也修一条渠，让那些干旱的土地喝上水，长出绿油油的庄稼！”

老挝党政干部考察团团长南塔加少将说：“我们在林州红旗渠干部学院，看到了中国共产党坚持立党为公，执政为民，始终将人民的利益放在第一位的执政理念，我们还看到了中国经济社会发展和全面建设小康社会所取得伟大成就，光照山河，可歌可泣！”

越南党的建设研修班班长黄示秋在留言簿中写道：“在红旗渠干部学

院的学习就要结束了，通过学习交流，我对红旗渠精神中自力更生和无私奉献这两句话印象非常深刻。在当时那么艰苦的情况下，林县人民凭着满腔热情，一种精神改造山河，取得了令全世界都为之感动的伟大成就，我为英雄的林县人民感到骄傲，也被伟大的红旗渠精神深深地折服。”

红旗渠干部学院，坐落在绿树掩映中，蓬勃的苍松翠柳，就像它年轻的生命。

这里是传播红旗渠精神的重镇，也是一个让中国梦远行的地方。

红旗渠干部学院建成于2013年。党的十八大刚刚开过，高举中国特色社会主义伟大旗帜，必须加强理论引导与建树，只有把党的系统理论这面旗帜高高擎起，用毛泽东同志的话说，“大家才有所指望，才知所趋赴”。

中原大地历来是精神资源的厚壤，愚公移山精神、大别山精神、焦裕禄精神、红旗渠精神，三平精神是中华民族精神宝库中的瑰宝，是高悬在祖国上空映照万川生生不息的亮星。

同时它们也是中原大地的骄傲，是中原辐射万里河山的一束束精神光波。

精神不是物质，但它能转化成物质；精神不是能量，但它能变成能量。精神何其微小，小到你肉眼看不到，精神又何其浩大，站起来就是巍巍泰山，就是珠穆朗玛！

红旗渠干部学院是一块精神高地，自成立以来，以传播红旗渠精神，增强党性修养为己任，8年来举办各类培训班5400余期，培训学员30多万人，特别是为30多个国家培训党政干部数百名，成了讲好中国故事，展示中国精神和中国力量的一个宽广平台。

红旗渠干部学院已经成了红色教育基地。它被中组部列入干部党性教育基地备案目录，被中联部确定为外国党政培训重点合作院校，成为中央国家机关爱国主义教育基地，国家公务员特色实践教育基地，国家行政学院公仆意识教育基地，中组部全国组织干部学院现场教学基地，国防大学现场教学基地，河南省委组织部干部教育培训基地。

一天傍晚，我与一位来自海滨城市的领导在校园散步，我们天上地下地聊着，意与古会。临分手时，他认真地对我说："红旗渠干部学院是个强筋补钙的好地方，从这里走出去，人就换了一副身子骨。"

点睛之笔，往往一句就够了。

这里的教职工，大都很年轻，洋溢着青春，挥洒着活力，像刚刚跃出海面的朝阳，带着欲滴未滴的海水奋力向上跃升。

红旗渠精神是她们心中的太阳，她们每天被太阳照耀着，被大地滋养着，同时，她们又倾尽全部心力将红旗渠精神传播出去，这是她们神圣的使命。

完成好这个使命，她们觉得，才对得起每天升起的太阳。

红旗渠纪念馆门前，每天都是络绎不绝的人流，人们怀着一颗虔诚的心前来朝圣。

找回逝去的岁月，让我们的心与前辈的心零距离交汇，让伟大不再是一个遥远的字眼，它就在我们面前。

这里是让你抚平历史褶皱的地方。

这里也是放飞初心的地方。

当岁月使记忆变得模糊的时候，这里的每一幅照片，每一件实物便发挥了它们不可替代的作用。它把我们带回到那个响亮着高扬着革命英雄主义的年代，你被英雄主义氤氲着包围着，你浑身的血液被英雄主义燃烧着，你捧着一颗平常心来，你将带着一颗澎湃的心离开。

在红旗渠纪念馆，泪水几度模糊了我的双眼，我的心一次次被揪紧。当你用心贴紧时代的时候，你没有办法不被感动。

感动成了你灵魂的路标。

讲解员是一个女孩子，讲到动情处，她把脸转向别处，努力不让眼泪掉下来。

整理一下心情，她脱离开背好的解说词，尽量平静地对大家说：“红旗渠让我成长，让我知道了什么是崇高，什么是伟大，什么是坚韧不拔，什么是无私奉献，尽管我已经讲解了千百遍，但有的时候我还是控制不住自己……”

掌声，雷鸣般的掌声响起，表达着大家崇高的敬意。

既是对讲解员，也是对红旗渠。

灵魂是互相感染的，没有人天生伟大。人之所以伟大，是无数伟大的因子影响了你，感动了你，教育了你，让你的心灵远离宵小，远离蝇营狗苟，从而变得澄明辽远，举重若轻。

红旗渠纪念馆是纯洁人心灵的地方。尤其是当你遇到困难的时候，当各种杂念让你行走得格外费劲的时候，当你需要汲取力量的时候，来红旗渠纪念馆吧，红旗渠精神浸透了纪念馆的每一个角落，它会让你生发出一种信念，生发出一种力量，走好明天的路。

走出红旗渠纪念馆，太阳正在缓缓西行，参观的人仍源源不断地走来。

2.路在脚下延伸

时间是最好的显影剂。当一个事物，不管是有形的还是无形的，过了很久还是不能被遗忘，不，准确地说，不是被遗忘，而是成为现实的发动机，把现实的原野照亮，设想一下，它该有多大的能量？

今天，当红旗渠的传人们接过前辈手中的红旗，开始新的远征的时候，伟大到无边的事业，只是掀开了一个小角。

道路正长，只要明天还在，今天就是启航。

战太行，出太行已经成为过去，富太行美太行则是当下。

“鼓励返乡创业，制定各项优惠政策，为他们提供一条龙服务。”林州市委市政府热情召唤游子返乡创业，正在为他们开辟了一条宽广的绿色通道。

早些年他们出太行，那是为了生计，今天他们返乡创业，那是为了生活——创造更加美好的生活。

返乡创业，已经成了今日中国热度颇高的一个词，成了时代的流行色。过去政府为农民走出去跑前跑后，今天政府为返乡创业大开绿灯，说明县域经济开始走上当代中国经济建设的大舞台，千万个引擎正在助推中华民族的复兴大业。

近几年，林州返乡创业者达到17000余人，创办各类经济实体16000余个，带动就业18万人。这三个结结实实的数据说明，当年的“民工潮”正在变为“创业潮”，中国社会正在经历一场从“走出去”到“返回来”的历史性嬗变。

王留根是最早出太行的那批人，6年前他返回家乡，被镇党委任命为翟二井村党支部书记。当年他流转了300余亩土地，成立了林州市留林科普生态园和种植养殖农民专业合作社，带领村民们开发“太行金菊”系列茶饮品，200余名劳动力从此在家门口就近上班，留守儿童从此也不再是形单影只的留守者。

由于工作关系，前些年我曾经采访过一些留守儿童。那是一个特殊的群体，他们让我看到了社会撕开的一处伤口，这伤口没有愈合的迹象，还在泣血。

从小缺乏母爱的孩子，大多缺乏安全感，而缺乏安全感的孩子，很难发展出对他人，对社会的信任感，而一个人从儿童时起就不信任别人，你怎么能要求他长大后爱他人，爱社会，爱民族，爱国家，爱人类？

要知道，十年二十年后，他们就要挑起中国全面复兴的大梁。

所以，我们不能把返乡创业工程，仅仅看作是脱贫工程或钱袋子工程，当我们把眼光放得更长远一些时就会看到，返乡创业工程正在潜移默化地改变着城乡二元格局，当城不再是“优越”的城，乡也不再是“另册”的乡时，中国现代化的曙光，就真正出现在地平线上了。

早些年郭先鱼在山西做生意，正当顺风顺水时，听到了来自家乡的召唤，他和女儿和女婿一合计，在外千日红，不回在家一日好，干脆吧，撤！

他们把在山西挣得钱，连同这些年摸爬滚打开阔的眼界，积累的经验一同带回了家乡。

他们成立了生态采摘畜养基地，将荒山改造成梯田，种植核桃树2万棵，桑葚、黄梨、葡萄、李子、樱桃、石榴5000棵。为什么弄这么多品种？老郭说，这不就是考虑让大家每个季节都能摘到新鲜的果子吗。

在基地长期做工的农民40多人，农忙时则要翻倍。村民们感谢老郭，说他让自己守在家里有了稳定的收入，老郭却说是大家在帮助他挣钱。

“没有乡亲们，我就是有三头六臂也管不过来这么一大片果园哟。”

老郭一脸诚恳地说。

一方面是吸引返乡创业，一方面是鼓励继续创业，富美林州被这两个轮子载着一路疾行。

谁能想到，大山深处的桃花嫂子面馆竟然火了。

桃花谷里桃花店，桃花嫂子桃花面，桃花乡里桃花香，桃花溪漂桃花瓣。不知是哪个文人吃面之余信手写下这重重叠叠的桃花，不似广告胜似广告，让桃花嫂子面馆成了大山深处的一张桃花般盛开的名片。

凡来大峡谷旅游的人，都想来桃花嫂子面馆吃一碗面。不说大家心里也明白，他们不只是为了吃一碗面，实是想来看一眼桃花嫂子的面馆。

每天面馆成了流水席。

20年前，只是迫于生计，申兰英在太行大峡谷路边支起了两张桌子。这是孩子他爹去世后全家人生活的全部希望，也是桃花嫂子创业的起点。

当年的两张桌子如今变成了几十张桌子，500平方米的营业面积能同时容纳300人就餐，20多名服务员虽然忙乎得满脸是汗，可笑意一直挂在脸上。

2013年，林州市工商局局长把桃花嫂子面馆注册商标亲自交到了申兰英手里。

桃花嫂子面馆从此成了品牌。

今天，桃花嫂子面馆已经成了太行山大峡谷十景之一，成了林州创业者的骄傲。

当然，如果和那些上亿元甚至十几亿上百亿元的企业家相比，桃花嫂子面馆不能与他们相提并论。但你要知道，申兰英是靠一碗手擀面白手起家的，在高山大岭之上，青灯孤寂之间，她用一碗面苦苦地支撑起了这个家，让一双儿女完成了大学学业，同时，她用一颗善良的心，让一碗普普通通的面有了温情，并让这温情感动了世界。

面是林州人的钟爱，正如《推车歌》中唱的："只要有一碗糊涂面，也比那吃肉喝酒的气势还要壮啊！"今天，一碗面条为申兰英插上了创业的翅膀。

桃花嫂子是林州无数创业者的一个缩影。

创业并不以你资产的多少作为成功与否的标准，创业不过是把梦想转化为现实的一个过程。

3.组织的力量

人民群众只有组织起来才有力量。

当年林县30万人轮番上渠，没有各级党组织的有效组织和坚强领导，无论如何都难以想象。

组织是力量的倍增器。中国共产党组织的力量来源于自上而下和自下而上的民主和统一，来源于无数共产党员对党的路线、方针、政策的坚决贯彻执行。

21世纪发生在九百六十多万平方公里土地上的脱贫攻坚战，天行健，地势坤，将中国共产党人一心为民之公心磅礴于天下，也让世界看到了中国共产党强大的组织力量。

这是一场自上而下消除绝对贫困人口的伟大战役，也是一场中华民族有史以来亘古未有的山乡巨变。

消除贫困人口，这是一个世界性难题，而消除绝对贫困人口，即便在那些发达国家，也被视为是天方夜谭。

奇迹发生在中国。

2015年，中共中央国务院发布了《关于打赢脱贫攻坚战的决定》，一场咬定青山不放松，打通“最后一公里”的脱贫攻坚战，短兵相接——出现在神州大地每一个角落。

这是让历朝历代的统治者大畏其难的硬骨头，只有啃下这块硬骨头，中国才能自豪地向世界宣告，我们全面进入了小康社会。

为此，各级党政一把手成了脱贫攻坚的第一责任人。

林州市委、市政府成立了以书记、市长为首的指挥部，牢牢扛起了脱贫攻坚的政治责任。

尽锐出击，精准扶贫。林州各级党组织把脱贫攻坚摆在了第一位的工作位置上。

既然是第一的位置，就要做出第一的样子，就要有第一的成果。

让我们先来看一组数字。

截至2019年，林州73个贫困村全部脱贫，9260户24230名建档立卡者的人均纯收入全部达到国家规定的脱贫标准。

2020年，林州被评为“全国脱贫攻坚先进集体”，被国家确立为“全国脱贫攻坚交流基地”。

与那些极度贫困地区比较，林州贫困人口总数比它们少了一些，但绝对贫困人口的生存状况并无二致。

脱贫之难，难就难在要让那些老弱病残，甚至丧失了劳动和生活能力的人也走出极端贫困的泥淖，过上正常人的生活。难就难在一时的输血虽可见短期成效，一旦输血停了，他们未来的生活咋办?

党中央的要求是“在扶贫的路上，不能落下一个贫困家庭，丢下一个贫困群众”。

党中央的要求，是号令也是底线!

将党中央的号令落到实处，各级党组织是保证。

在采访过程中，我发现如果没有中国共产党自上而下严密而强大的组织能力动员能力保障能力和协调能力，脱贫攻坚就是一句空话。

自2016年起，中共林州市委派出了一大批精心挑选的驻村第一书记和扶贫专干。他们就像一颗颗螺丝钉，紧紧地拧在那些贫穷的地方，在他们身上，让我看到共产党人的初心，看到了党组织的力量。

一般而言，一个村庄之所以贫穷落后，党的基层组织软弱涣散是其重要原因。因此，选派好驻村第一书记就成了重中之重。

年富力强，政治素质好，想干事，能成事，成了选人标准。

使命感则是燃烧在他们心中的一团火。这团火自打接受培训之日起，便在他们心中燃烧起来。这团火不仅熊熊燃烧着自己，也将流金铄石的热能，辐射到每一个村民身上。

他们躬下身去，没日没夜地干。一位驻村第一书记告诉我，他家离所驻村也就20多公里，他竟两个多月没回一趟家。

“为啥呢？”

“唉！有干不完的事。就拿清理村级财务和资产这件事来说吧，我们整整干了一个月。老百姓的眼睛盯着呢，只有公平公正，一丝不苟，才能叫老百姓满意。”

带着使命，带着重托，第一书记们一路走来。

光有热情是不够的，扶贫不是一句空话，它是需要真金白银的。

在林州我经常听到这样一句话：“干别的事可能拿不出钱来，脱贫攻坚要人有人，要钱有钱，要物有物。”

单位的党组织是驻村第一书记的坚强后盾，党的扶贫政策让驻村第一书记和扶贫专干有了底气。

钱要花在刀刃上，这个刀刃，就是脱贫项目。这些年来，林州投入11.3亿元，为73个贫困村硬化道路，铺设水网电网，修建破损房屋，重新打造村容村貌。第一书记和扶贫专干们还依托财政，帮助5214户贫困户落实了低保，贷款发展畜牧业和蔬菜生产，让孤寡、智障、精神疾病和身有残疾的农民兄弟，全部有了医保并实现了家庭医生签约服务全覆盖，过上了体面有尊严的生活。

对残疾人的态度，是社会的试金石，也是最让我掀起感情波澜的地方。这些弱势群体需要更多的关爱！

在林州我接触了他们中的一些人，当我紧握他们那双或粗糙或僵直的双手时，听到最多的一句话，就是感谢党！感谢党！感谢书记！……

他们言语有些木讷，但他们的眼神是火辣辣的，让你的心随之荡漾起来。

他们从内心深处把第一书记和扶贫专干当成了党的化身。有一位驻村第一书记对我说："听到他们说这话，我流泪了……"

心与心碰撞出的火花，和人的职务无关。每个人的心灵深处都有一块最柔软的地方，那就是同情弱小，爱、善与美。扶贫攻坚不仅仅是中国社会奔向小康的标识，它更是中国共产党人天下为公的大善之举，是一场美丽到天边的马拉松长跑。

今天，这场马拉松长跑虽然画上了句号，但它在我心中留下的震撼和感动，就像一块石子投向湖心，涟漪在一层层扩散。尽管我未能投身其中，但我在林州各级党委政府以及驻村第一书记和扶贫专干身上，从那些刚刚脱贫兄弟的笑容里，读懂了我们这个时代。

小康不小康，关键看老乡。

共同富裕才是社会主义的康庄大道。

4.书香林州

林州的发展有目共睹。

一个诞生了红旗渠精神的地方，带着这种精神上路，青草上的露珠都闪烁着光芒。

好多年前，在全国县域经济综合排行榜上，林州就进入了100强。

在河南108个县整体经济实力排名中位列第七位。

在全省县域中，民生幸福指数名列第一。

人民富裕了，这肯定是好事。为了这一天，林州人民苦斗了几十年，汗珠子摔八瓣，才有了今天的收获。

几十年斗转星移，当年破土而出的幼苗，已经长成了参天大树。

富而不骄，富而不惑，富而奋进，是时代的考题，考验着林州人的品质。

交上一份无愧于红旗渠传人的答卷，林州人民在21世纪第二个10年到来的时候，整装出发了。

城市双创，书香林州，让对明天的拥抱变成了继续创业与丰饶心灵的双重进击。

只有让一城人动起来，才能让一座城美起来。

以水润城，以水养城，以水美城，森林围城。过去水贵如油黄沙满天的林县，正在变成大写意的山水田园林州。林虑河、黄华河、洹河像三条银色的缎带，让曾经干旱的土地有了水的灵性。播绿上山、见缝插绿、空

日新月异看林州（拍摄／李俊生）

闲见绿、绿树成荫让林州成功创建河南省森林城市。

在林州人的心里，美太行已经不够了，还要福太行。

优美的生存环境，是幸福的要义之一。

在我所接触的林州乡村干部中，经常被他们挂在嘴边的一个词是环境整治，这是林州市委压在他们身上的一个硬指标。

我问他们，完不成会怎样，答曰：必须完成，此事没有一丝一毫商量的余地。

不仅乡村干部，包括所有的村民，全都投身其中。几十年解决不了的脏乱差难题，那是因为习惯了，见怪不怪，今天中止这习惯的时刻到了。

看到林州一个个干净整洁的村庄，我感到时代真的是变了。

文明的脚步正在结结实实地走来，千万不要小看我们生活的环境，它是现代化的标准之一。

再来看一下书香林州。

这是林州市委大力推动的一项全民读书活动。

乍一听说，我还有些不解。当前经济和社会工作千头万绪，市委怎么还把全民读书当作一件大事实事来抓？

不到实地你绝对无法体会举办读书活动的实际作用。

林州将每月10日定为全民读书日。一个读书会是一个提升人的文化品位和精神境界的平台，一个农民夜校就是一条通往科技和文明的大道。这样的读书会和农民夜校遍布林州的城乡街道，通过举办读书会和农民夜校，通过思想交锋和品位提升，进一步拓宽人的眼界，紧紧地跟上浩浩荡荡的时代潮流。

精神文明的一泓活水正在流进每一个林州人的心里。

苏轼在诗中写道：粗缯大布裹生涯，腹有诗书气自华。是的，若想让一个人修养加身，超凡脱俗，紧随时代，提升精神境界，唯有读书一途。清代学人梁章钜说："人无书气，即为粗俗气，市井气，而不可列于士大夫之林"。

这里的书气，不仅指书卷气，更指人生态度。颜回"一箪食，一瓢饮，在陋巷"而不改其乐，王勃在人生落魄时仍高唱"穷且益坚，不坠青云之志"。杜甫在自己的茅屋为秋风所破时，感念天下苍生，"安得广厦千万间，大庇天下寒士俱欢颜，呜呼！何时眼前突兀见此屋，吾庐独破受冻死亦足"。何等高华的境界！这境界不是独兀的山峰，而是从中华民族的精神养料中大量汲取营养后升起的彩虹。

一本好书，就是一个人的精神导师。

20世纪初叶，那些叱咤风云的领袖们，不就是捧着《共产党宣言》揭竿而起的吗?

我把书香林州，看作是一个时代的标记。当我们摆脱贫困以后，靠什么富而不惑？靠什么校正前进的航向？唯有树立精神坐标，唯有提升精神品位。

幼有所育，学有所教，劳有所得，病有所医，老有所养，住有所居，弱有所扶……林州人民正按照既定目标稳步向前迈进。

今天，中华民族伟大复兴的第一个百年已经画上了句号，第二个百年征程就在我们脚下，如何饱满自己的心灵，在物质大潮中坚守住精神家园?

读书吧！通过读书活动，将中华民族优秀的传统文化和日新月异的时代潮流有机衔接起来，让红旗渠的故乡，再迈上一个大台阶。

一旦精神的风帆涨起，下面就是千里万里远航。

就要向红旗渠，向林州告别了，心中纵有万般不舍，总有一别的时候。

10年人与大自然的血肉相搏，在太行山凝结塑造了伟大的红旗渠精神。50年的精神接力，让红旗渠精神在林州人民心里扎下了深根，并且盘根错节，任凭什么力量也无法将他们分开。

这是林州人民再攀高峰的动力之源。

好让人羡慕啊，林州！先辈们用血肉之躯，一路歌哭铺就了一条精神大道，让后来人有了吸吮不尽的精神养料。

红旗渠精神不仅属于林州，更属于中国，不仅属于当代，更属于未来。正如习近平总书记所言：“红旗渠精神是我们党的宗旨的集中体现，历久弥新，永远不会过时。”

奋进者只有序曲，没有尾声！